KB269751

2025 광복 80주년 기념 『길에서 역사를 만나다』
전국독후감대회 수상작품집

바퀴 자국에 새겨진 침묵의 증언

바퀴 자국에 새겨진 침묵의 증언

발행 | 2025년 12월 11일

엮은이 | 신중현
책임편집 | 양성애
책임교정 | 박선아
마케팅 | 신호철

펴낸곳 | 도서출판 학이사
출판등록 | 제25100-2005-28호

대구광역시 달서구 문화회관11안길 22-1(장동)
전화_(053) 554-3431, 3432   팩시밀리_(053) 554-3433
홈페이지_http://www.학이사.kr
이메일_hes3431@naver.com

ISBN_979-11-5854-597-0 03800

2025 광복 80주년 기념 『길에서 역사를 만나다』
전국독후감대회 수상작품집

바퀴 자국에 새겨진 침묵의 증언

김태현 외

학이사

2025년은 광복 80주년을 맞이하는 뜻깊은 해였습니다. 이를 기념하기 위해 우동윤 작가의 『길에서 역사를 만나다』로 전국 독후감 대회를 개최하게 되었습니다. 이 책은 현직 기자인 저자가 오토바이를 타고 일본 전역에 널려 있는 조선인 강제동원 흔적을 찾아 직접 취재한 내용입니다. 그 대부분의 현장은 오늘날도 쉽게 접근할 수 없는 깊은 오지에 있습니다.

『길에서 역사를 만나다』는 2024년 대구디지털혁신진흥원의 IP지원사업 선정으로 출간, 다양한 활동을 할 수 있었습니다. 마케팅을 비롯해 영상 제작, 일본어 번역 작업으로 일본 현지 출판사를 상대로 저작권 마케팅까지 진행하고 있습니다. 곧 일본 현지에서도 이 책이 올바른 역사를 알고자 하는 독자에게 널리 읽힐 수 있는 날이 하루 빨리 오기를 기다립니다.

당초에는 성인 대상 독후감 대회로 계획하였으나, 이 책이 2025년 올해의 청소년 교양도서로 선정되면서 고등부 부문도 함께 운영하게 되었습니다. 특히 광주의 현직 고등학교 역사 교사이신 서부원 선생님의 추천사 중 "친일이든 반일이든, 당대의 역사를 제대로 알아야 '맹목' 에 빠지지 않는다."는 말씀이 고등부를 함께 진행하게 된 계기가 되었습니다.

광복절인 8월 15일부터 9월 30일까지 진행된 이번 독후감 대회는 '책 읽는 대구' 를 위한 지역 기업의 따뜻한 후원이 있었기에 가능했습니다. 사랑모아통증의학과, 정명희소아청소년과의원, 고려환경, 복합문화공

간 어반커먼즈, 호성상사, 경산신문, 지트리아트, 대구
월드투어, PL페이퍼 등입니다. 물심양면 후원해 주신
기업에 다시 한번 감사드립니다.

전국 각지에서 많은 독자들의 관심과 참여가 있었습
니다. 심사를 맡아주신 천영애, 최승호 선생님께서는
수상작을 선정하는 데 많은 고민을 하였습니다. 대회
의 특성상 모든 분께 수상의 영광을 드릴 수는 없었지
만, 그중에서도 엄선된 수상작을 이 책에 담았습니다.
작품에서는 대상 도서를 읽고 광복 80주년을 기억하고
자 하는 진심을 읽을 수 있습니다.

일반부에 비해 고등부 수상자를 모두 내지 못한 게
아쉽습니다. 사유가 없이 AI를 활용한 작품이 많아 심

사위원들이 고민 끝에 수상자를 내지 않기로 결정했습
니다. 글쓰기는 사유에서 비롯한다는 믿음 때문입니
다. 이 대회가 책 읽는 사회 분위기 조성과 우리 역사
에 대한 바른 인식을 가지는 작은 계기가 되기를 소망
하면서, 수상자 모두의 행운을 빕니다.

2025년 12월

2025년은 광복 80주년이 되는 해로, 그 어느 해보다 일제강점기에 대한 사회적 관심이 높은 해였다. 특히 올해는 1942년 2월 3일, 일본 야마구치현 우베시 해저 갱도 붕괴로 조선인 136명이 수몰된 장생탄광(조세이탄광)에서 유해 발굴이 진행되는 등 강제동원의 참상이 다시금 주목받는 한 해였다.

이러한 역사적 사건이 다시 관심을 끄는 시기에 도서출판 학이사에서 『조선인 강제동원 흔적을 찾아 떠난 오토바이 일본일주 6,107km: 길에서 역사를 만나다』 독후감상문 대회를 개최한 것은 시의적절한 기획이었다. 기획 단계에서는 일반인 부문만 계획되었으나, 해당 도서가 2025 상반기 '올해의 청소년 교양도서'로 선정되면서 청소년에게도 우리 역사를 바로 알게 하자는 취지로 고등부 부문도 추가하게 되었다.

총 응모작은 일반부 86편, 고등부 13편이었다. 일반부는 많은 관심과 참여가 있었으나, 고등부는 기대에 미치지 못했다. 마감 시점이 중간고사 기간과 겹쳤다는 점도 있었지만, 무엇보다 대학입시 준비로 바쁜 고등학생들이 책을 읽고 감상문을 쓰는 데 현실적인 제약이 크다는 점을 실감하였다. 안타까운 현실이다.

심사 과정에서 아쉬웠던 점은, 응모작 가운데 공모 요강을 충분히 따르지 않았거나, AI(인공지능)에 지나치게 의존한 작품이 상당수 있었다는 것이다. AI는 이제 우리 일상에 깊숙이 파고들었지만 감상문과 같은 창의적 글쓰기에 있어서는 스스로의 사유가 담기는 것이 중요하다는 판단으로 이러한 작품은 심사 대상에서 제외하기로 하였다. 최종적으로 20편을 선정하여 대상, 최우수상, 우수상을 두고 고민을 했다. 몇몇 작품은 대상과 최우수상 중 어느 것을 주어도 손색이 없을 정도로 수준이 높았다.

심사 기준은 독후감상문의 중요한 역할 중 하나인 '다른 독자에게 이 책을 읽고 싶게 만드는가'를 중점으로 삼았다. 고민 끝에 최종적으로 일반부 대상은 김태현 씨의 「바퀴 자국에 새겨진 침묵의 증언」, 최우수상은 김선영 씨의 「우정 있는 이웃나라가 되기 위해, 바로 알아야 할 진실」로 선정하였다. 우수상은 노은주, 박장홍, 박재우, 손인선, 안창식, 오해은, 유현지, 정재안, 최윤형, 한창현 씨(가나다순) 등 10명의 작품을 선정하였다.

고등부 심사는 많은 고민이 있었다. 응모 수 자체도 적었지만, 그중 다수가 AI를 활용한 감상문이었다. 이는 학생들이 책을 읽지 않고도 출판사 서지 정보와 AI를 통해 감상문을 작성할 수 있다는 잘못된 인식을 심어줄 수 있어 우려스러웠다. 독서에 대한 잘못된 인식과 스스로 사유의 힘을 키우는 데 문제가 있다는 비판적 토론 결과 대상과 최우수상을 제외하고 우수상은 일정한 수준에 도달한 2명만 선발하기로 결정하였다.

최종적으로 고등부 대상은 김규림의 「잊힐 수 있는 역사는 없다」, 최우수상은 우희원의 「징용 대신 강제 동원, 우리는 그들과 같은 국적이었나」를 선정했다. 우수상은 이혜민, 전유진 2명의 응모작만 선정했다. 최소한 창의성과 개인의 사유가 필요한 독서감상문에서 AI가 대신 사유하고 내용을 요약하여 글을 써주는 것의 문제 의식을 학생들이 인식하기를 바라는 마음이 간절하다. 또한 일정한 모집 요강이 있음에도 그것을 지키지 않은 글이 많아 입선자를 많이 뽑고 싶은 마음에도 불구하고 선정할 수 없어 아쉽지만 나머지 8명의 우수상 수상자는 당선작 없음으로 처리했다.

수상자 모두에게 진심으로 축하의 말씀을 전하며, 앞으로도 우리 역사에 대한 올바른 이해와 독서를 통한 깊이 있는 성찰을 이어가 주기를 기대한다.

심사위원: 천영애(시인), 최승호(경산신문 대표)

일반부

일반부

바퀴 자국에 새겨진 침묵의 증언

김태현 (경기도 화성)

역사는 종종 거대한 담론의 형태로 우리에게 다가온다. 책장 속 두꺼운 서적, 박물관의 유리 진열장, 혹은 정치인들의 입을 통해 전달되는 역사는 때로 박제된 과거처럼 느껴지곤 한다. 그것은 분명 존재했으나, 현재의 우리와는 유리된 채 시간의 저편에 머무는 희미한 그림자와 같다. 그러나 우동윤 작가의 『길에서 역사를 만나다』는 그 모든 관념을 부수고, 역사가 살아 숨 쉬는 현재의 공간 속으로 독자를 이끈다. 한 달간

6,107km. 오토바이 두 바퀴로 일본의 아스팔트 위를 달리며, 저자는 단순히 풍경을 가로지른 것이 아니었다. 그는 일본의 근대화라는 화려한 외피 아래 감춰진 조선인 강제동원의 상흔을, 침묵을 강요당해 온 희생자들의 목소리를 온몸으로 더듬어 나갔다. 이 책은 단순한 답사기나 역사 기록물을 넘어, 망각에 저항하는 한 개인의 치열한 분투이자, 바퀴 자국으로 써 내려간 기억 투쟁의 연대기다.

저자가 택한 '오토바이 일주'라는 방식은 그 자체로 강력한 메시지를 담고 있다. 그것은 안락한 버스나 기차 여행이 아니다. 비바람을 온몸으로 맞고, 낯선 길 위에서 고독과 마주하며, 지도 위 점과 점으로만 존재하던 비극의 현장을 맨몸으로 연결하는 고된 여정이다. 이 물리적인 행위는 추상적인 역사적 사실에 구체적인 살과 피를 부여한다. 모든 강제동원의 시작점이었던 관부연락선 항로를 따라 시모노세키에 첫발을 내딛는 순간부터, 저자의 여정은 80여 년 전 고향을 등져

야 했던 조선 청년들의 비통한 여정을 현재의 시공간
으로 불러오는 의식이 된다. 규슈 최남단에서 홋카이
도 최북단 소야곶까지, 일본 영토를 종단하는 이 길 위
에서 독자는 깨닫게 된다. 조선인 강제동원이 일부 지
역에 국한된 예외적인 사건이 아니라, 일본 제국주의
의 근대화를 떠받친 가장 보편적이고 구조적인 착취
시스템이었음을 말이다. 저자의 헬멧 속 시선은 곧 우
리의 시선이 되어, 평화로운 일본의 시골 마을과 화려
한 도시 풍경 이면에 새겨진 지워지지 않는 흉터를 직
시하게 만든다.

책이 고발하는 일본의 민낯은 충격적이다. 저자의
여정은 일본이 자신들의 과거사를 어떻게 은폐하고 왜
곡하며, 심지어는 영광의 역사로 둔갑시키는지 그 현
장을 낱낱이 파헤친다. 2015년 유네스코 세계유산에
등재된 야하타제철소와 미이케탄광. 일본은 이곳을
'메이지 산업혁명 유산'으로 포장하며 근대화의 상징
으로 자랑하지만, 그 토대를 이룬 조선인들의 피와 땀

은 철저히 외면한다. 강제동원 사실을 인정하고 정보 센터를 설치하겠다는 국제사회와의 약속은 공허한 메아리가 되었음을 저자는 현장에서 확인한다. 이러한 역사 왜곡의 정점은 아키타현 다자와호의 '히메관음상'에서 드러난다. 댐 공사 중 희생된 조선인의 넋을 위로하기 위해 세워졌다는 진실은 건립 취의서가 발견되기 전까지 수십 년간 숨겨져 왔다. 대신 그 자리는 호수의 토종 물고기와 전설 속 여인을 위로한다는 허구의 이야기로 채워졌다. 진실을 덮기 위한 그들의 치밀함은 간몬터널 입구의 비석에서도 발견된다. 공사가 늦어진 이유를 '우연히 발생한 전쟁 때문'이라고 명기한 문구 앞에서 저자가 던지는 "그 전쟁을 누가 일으켰나?"라는 질문은 독자의 가슴을 서늘하게 만든다.

그러나 저자의 카메라는 거대한 구조적 폭력과 왜곡만을 향하지 않는다. 그의 시선은 이름 없이 스러져 간 개개인의 삶과 그들이 남긴 미세한 흔적들을 집요하게 포착한다. 나가노현 마쓰시로대본영, 태평양전쟁 말기 일본군 최후의 결전 기지였던 이곳의 어둡고 습

한 지하호 벽에 새겨진 '대구'라는 두 글자. 고향을 애타게 그리며 피눈물로 새겼을 그 이름 앞에서 우리는 한 사람의 절절한 고통과 마주한다. 역사는 더 이상 숫자로 기록된 통계가 아니라, 한 개인의 구체적인 삶의 서사로 다가온다. 효고현 아마루베철교의 '순난병몰자 초혼비' 앞에 놓여 있던 낡은 한국 소주병 하나는 또 어떤가. 누가, 언제, 어떤 마음으로 두고 갔을지 모를 그 작은 소주병 하나는 국가와 이념을 넘어 희생자들을 추모하는 이름 모를 누군가의 마음을 대변하며, 잊히지 않은 기억의 연대가 존재함을 보여준다. 이처럼 저자는 거대한 역사의 물줄기 속에서 길어 올린 작지만 선명한 증거들을 통해, 독자로 하여금 과거와 현재가 단절된 것이 아니라 끈질기게 연결되어 있음을, 역사는 "현재와 과거의 끊임없는 대화"임을 실감하게 한다.

이 책은 단순히 일본의 만행을 고발하고 분노를 표출하는 데 그치지 않는다. 오히려 그 너머를 향해 나아간다. 저자는 여정 중에 만난 일본인들의 친절과 응원을 담담하게 기록하며, 국가와 정부의 공식적인 입장과 평범한 시민들의 인식 사이 간극을 보여준다. 이는 한일 관계의 복잡성과 미래의 가능성을 동시에 시사한다. 특히 히로시마의 교직원 조합과 학생들이 힘을 모아 고보댐에 '연행連行'이라는 표현과 함께 반성의 문구를 새긴 추도비를 세운 사례는 깊은 울림을 준다. 원자폭탄의 참상을 직접 경험한 이들이 타인의 고통에 더 깊이 공감하고 연대할 수 있음을 보여주는 이 사례는, 진정한 화해와 평화가 어디에서 시작될 수 있는지에 대한 중요한 단서를 제공한다. 또한, 수장된 183명의 유해가 묻힌 조세이탄광의 '피야' 앞에서 유해 발굴을 위해 크라우드 펀딩을 진행하는 한일 시민들의 노력은, 두 나라 정부의 침묵 속에서도 진실을 향한 연대가 계속되고 있음을 증명하며 한 줄기 희망을 던져준다.

광복 80주년을 앞둔 지금, 우동윤 작가의 이 여정은 우리에게 무거운 질문을 던진다. 우리는 과연 우리의 아픈 역사를 얼마큼 기억하고 있는가? 교과서 속 몇 줄의 문장으로, 혹은 영화 속 한 장면으로 소비하고 잊어버리고 있지는 않은가? 저자는 "조선인 강제동원이 단지 전쟁 수행을 위한 일본의 만행이었다는 인식에 머물러서는 안 된다."고 강조한다. 한일병합 이전부터 치밀하게 자행된 경제 침탈의 결과물이자, 일본 근대화의 밑거름이 된 구조적 착취의 역사임을 직시해야 한다는 것이다. 그의 오토바이 바퀴 자국은 일본 땅에 흩어진 40여 곳의 상흔을 잇는 동시에, 우리 안에 흩어져 있던 무관심과 망각의 파편들을 하나로 꿰매는 실이 된다.

『길에서 역사를 만나다』는 아픈 역사를 마주하는 하나의 방법론을 제시한다. 그것은 책상 앞에서 자료를 뒤지는 것을 넘어, 직접 그 공간으로 걸어 들어가 바람을 느끼고, 돌멩이의 감촉을 느끼며, 침묵하는 증언에 귀를 기울이는 것이다. 저자의 6,107km 여정이 끝났다고 해서 이 책이 완성된 것은 아니다. 책의 마지막 장을 덮는 순간, 이제 그 역사의 길 위에 서야 할 사람은 바로 우리, 독자 자신이다. 이 책은 우리에게 지도를 건네주었다. 바퀴 자국에 새겨진 침묵의 증언들을 따라, 우리는 이제 어떤 대화를 시작해야 할 것인가. 그 길 위에서 우리는 비로소 제대로 된 미래를 만날 수 있을 것이다.

우정 있는 이웃나라가 되기 위해,
바로 알아야 할 진실

김선영 (경기도 오산)

숲길, 산길, 절터…. 돌이 있는 곳엔 어디든 돌탑이 있었다. 돌이 많은 곳에는 수백, 수천 개의 돌탑들이 널려있고, 몇 조각의 돌멩이만 눈에 띄어도 그곳에는 반드시 작은 돌탑이 놓여 있었다. '무슨 소망들이 저리 많고, 무엇이 그리 간절할까?' 생각하면서도 나도 그 위에 돌 하나를 얹으며 소망을 보탠다. 나와 가족의 안녕을 기원하고, 때로는 짠하게 가슴에 남은 지인이나 고통받는 사람들의 평안을 기원하기도 한다. 사는 일은 늘 고통을 동반한다는 사실, 그것을 기억하고 기원하는 마음이 모여 고통을 희석한다는 진리. 그것을 알게 된 뒤, 나는 돌탑에서 많은 이들의 간절함과 끈끈함을 읽을 수 있게 되었다.

내가 돌탑의 경험을 떠올린 건 『길에서 역사를 만나다』에 기록된 수난의 비, 위령비와 초혼비의 역사를 가슴으로 읽고 싶었기 때문이다. 머리와 입으로는 일제 침략의 부당함을 인식하고, 역설할 수 있지만 저 멀리 흘러가 버린 마음은 이미 무뎌질 대로 무뎌져 일제의 침략과 관련된 일을 과거가 된 역사, 내 일상과 무관한 일로 치부하는 게 현실 아니던가. 저자는 맺어지지 않은 침략의 역사가 여전히 우리의 안녕과 평화를 저해하고 있음을, 아직은 분노와 정의감, 연대감이라는 불씨를 꺼트릴 때가 아님을 알리고 싶었던 것 같다. 자신이 갖고 있는 카메라와 오토바이, 말과 글을 통해서 절절히…. 나는 저자의 오토바이에 함께 올라 그의 카메라 앵글에 눈높이를 맞추고, 일본 곳곳에 간신히 세워진 위령비와 초혼비를 마주하기로 했다. 그리고 눈으로 보고 머리를 거쳐 가슴으로 돌아오는 여정을 통해 잔인하고 처참한 고통의 역사, 애끊는 그리움과 간절함의 역사, 진실을 갈구하고 함께하고자 하는 연대의 역사를 확인할 수 있었다.

일제에 의해 자행된 잔인하고 처참한 고통의 역사는, 1910년 한일합병 이전부터 시작되었다. 『길에서 역사를 만나다』의 저자는 일본 본토 최남단 사타곶에서 최북단 소야곶까지, 일본 곳곳에 흩어져 있는 조선인 강제동원의 흔적을 찾아 기록하였는데 사건의 배경, 그 규모와 실상은 참으로 참혹했다. 중일전쟁 전후 전쟁 물자에 필요한 철강을 생산했던 야하타제철소에는 조선인 6,000여 명이 끌려왔고, 지하호를 파서 대본영 및 왕실과 정부 조직을 옮기는 공사에는 조선인 6,000여 명이 동원되었다고 한다. 치쿠호 일대 120여 개 탄광에 동원된 조선인은 15만 명이 넘는다는 기록을 보고 조선인 강제동원의 규모에 놀라지 않을 수 없었다. 규모의 상당함을 넘어, 조선의 노동력을 이용하여 침략을 본성으로 하는 제국주의 기반을 마련했다는 사실이 더 치욕스럽게 여겨졌다. 저자는 오코바역에 대한 기록을 통해 강제동원의 역사적 배경을 설명한다. 한일병합 이전부터 일본은 막대한 자본을 투입해 조선의 경제기반을 야금야금 무너뜨렸고 이 시기에 일본의 의해 땅을 빼앗긴 조선 농민들이 대거 일본으로 팔려가 가장 밑바닥에서 값싼 노동력을 제공했다는 기록이다.

그렇게 팔려 간 조선의 농민들은 가장 힘들고, 위험한 일에 투입되었고 죽어도 아쉬울 것 없는 하찮은 존재로 취급당했다. 가메지마산 지하 공장터에는 지하 공장에서 가장 위험한 작업인 발파와 굴착 작업에 조선인을 동원한 흔적이, 노다터널 공사 현장에는 두꺼운 바위산을 뚫는 터널 공사를 조선인들에게 수작업으로 시켰던 기록이 있다. '철도 침목 하나에 조선인 한 명'이라고 전해진다는 센잔선 공사, '어떤 이는 배가

고파 뜯어 먹은 풀이 독초라서 죽었고, 어떤 이는 혀를 깨물고 스스로 목숨을 끊었고, 어떤 이는 두개골이 골절되어 죽었다' 고 전해지는 오사리자와광산의 이야기는 굶주림과 폭력으로 얼룩진 강제동원의 역사를 적나라하게 보여준다.

침통한 강제동원의 역사 이면에는 애끓는 그리움과 간절함의 역사가 흐르고 있다. 『길에서 역사를 만나다』의 일면에는 살아 돌아가고픈 간절함과 외로움, 가족과 고향을 향한 그리움, 해방 이후에도 터전을 옮길 수 없는 질곡이 기록되어 있다. 해방된 조국으로 돌아가지 못한 조선인들이 하나둘씩 모여 살기 시작하면서 마을 근처에 세워진 한국·조선인 강제연행노동희생자 위령비, '똥굴동네' 라 멸시당하는 조선인 집단 거주지에 아직도 낡은 판잣집들이 남아 있고, 그곳에서 후손들이 살고 있다는 이야기를 접하면서 '그들의 삶은 어떠할까, 그들의 가슴엔 어떤 상처와 바람이 있을까' 하는 쓸쓸한 궁금증이 일었다.

『길에서 역사를 만나다』를 통해 알게 된 중요한 사실은, 순난의 비뿐만 아니라 일제강점기 조선인 강제동원과 위안부에 관한 역사는 대부분 일본인들에 의해 알려지고 기념되어 왔다는 사실이다. 현지 고등학생들의 노력으로 세상에 알려졌다는 '츠가댐의 조선인 강제동원' 사건, 하코다테에 끌려와 고향을 그리워하며 생을 마감한 조선인 강제동원자와 위안부들의 넋을 위로하기 위해 주민들이 세웠다는 '히코다테 조선인 위령탑', 삿포로에서 숨진 조선인을 추모하기 위해 민단 주도로 건립되었다는 '삿포로 조선인 순난자 위령비'가 그것을 말해주고 있다. 일본 정부는 역사를 숨기고 왜곡하고 있지만 깨어있는 일본 시민들이 올바른 역사 알리기를 하고 있다는 사실에 큰 감흥이 있었다. 폭력과 야만의 역사 뒤에는 반드시 진실을 갈구하고 함께하고자 하는 정의와 연대의 역사가 공존한다는 사실을 다시 한번 절감했다.

『길에서 역사를 만나다』의 저자는 왜곡과 과장 없이

역사를 알리는 일이 우선이라고 역설한다. 제대로 평가하고 청산하지 못한 역사를 남겨둔 채 새로운 관계 맺음은 불가능하다는 그의 논리에 나도 모르게 고개를 주억거렸다. 조선의 독립을 위해 목숨 바쳐 싸우면서도 일본에 대해 우정 있는 이웃나라를 원한다고 말씀하셨던 도산 안창호 선생님의 가르침이 떠오르는 대목이다. 조선인 강제동원과 위안부 문제는 과거의 일이 아니라 현존하는 문제라는 명확한 문제 인식을 바탕으로 국제 관계에서도 양심과 시민의식, 정의와 연대라는 궁극의 가치를 구현할 수 있었으면 좋겠다.

강제동원의 역사를 찾아 떠난 길 위에서
떠올린 시대적 과제

노은주 (경남 남해)

오토바이 여행의 묘미는 온몸으로 바깥 공기를 맡으며 이색적인 풍경을 마주하는 데 있다. 2025년 광복 80주년을 앞두고 저자는 '조선인 강제동원 흔적을 찾아' 오토바이로 일본 열도에 흩어져 있는 조선인 강제동원 장소를 찾았다. 30킬로미터 이상의 직선도로가 지평선과 맞닿아 있어 '하늘과 이어진 길'인 듯 황홀경에 빠지기도 한다. 하지만 저자는 홋카이도의 아름다운 자연과 대비되는 처연함이 강제동원 장소를 답사하는 길에 서려 있음을 직시한다.

일본은 조선 침탈을 위하여 관부 연락선을 바닷길로 연결하여 물류, 인적 자원의 이동에 효율성을 드높였다. 서구열강을 따라잡기 위하여 총체적인 힘을 다한 일본은 메이지 시대 때부터 강제동원된 조선인은 노동력을 제공하였다. 저자는 오토바이와 함께 식민지 조선인의 한이 서린 바닷길로 강제동원된 영령들의 원혼이 울음을 삼키고 있을 것 같은 공간을 밟았다.

그는 조선인 강제동원자들의 참혹한 실상과 희생자들의 사연, 광복 후 고향으로 돌아오지 못한 이들의 일본에서의 삶 등을 자료 조사하며 일정을 짜고 길 위에 섰다. 시모노세키 항구로 들어가 일본 본토 최남단 사타곶에서 시작해 최북단 홋카이도의 답사지까지 오토바이로 6,107km을 달렸다. 강제동원된 조선인들은 근대 국가의 지능형 기반 시설인 철도를 놓고 댐을 건설하는 등 험난한 공사에 투입되었다.

제2차 세계 대전 중 전쟁 수행에 협력하거나, 침략

전쟁을 통해 부를 축적한 전범기업-미쓰비시, 미쓰이-의 강제노동과 억압은 인권 유린과 인간의 존엄성 말살로 이어졌다. 전쟁 물자에 필요한 철강을 집중 생산하던 야하타제철소에서의 강제 노동, 일본 내 철도 공사인 히사츠선 건설 공사 등에 동원된 조선인은 값싼 노동력을 제공하였다. 일본에서 가장 높은 곳에 위치한 아마루베철교 건설은 험준한 지형에다 강풍, 한겨울 폭설 등에 시달리는 난공사 중의 난공사였다. 현장 주변 순난병몰자 초혼비에는 철도 공사 중 희생된 조선인들의 넋을 위로하는 구절이 쓰여 있을 뿐이다.

태평양전쟁 말기 일본 군부는 최후의 항전을 위해 나가노의 작은 마을에 대규모의 지하호를 파 대본영과 왕실과 정부 조직을 옮기려는 계획을 실행하는데 이에 동원된 조선인의 희생이 속출하였다. 마쓰시로대본영 지하호 옆에 세워진 조선인 희생자 추도 평화 기념비는 광기 어린 일본에 목숨을 잃은 조선인의 비애가 전해져 숙연해진다. 1920년대에 건설된 고베전철은 고베시에서 아리마온천까지 34.5km 구간의 철도로 관광

객 이동을 위한 철도 공사에 조선인 1,800명을 동원하였다. 일본 근대화의 도구로 이용당한 식민지 조선인의 땀과 눈물은 가혹한 노동 환경에 임금 체불도 잦아 노동쟁의가 일어났다는 기록은 노동 착취의 전형임을 입증한다.

혼슈 북부의 최대 광산인 오사리자와광산 조세이탄광 노동자들의 숨구멍이었던 피야 아래 바다 밑에는 수몰된 조선인의 유해가 묻혀 있다. 방향 없이 파도 치는 대로 흘러갔을 혼령들의 차가운 울음소리가 귓전을 때리는 듯하다. 1939년 착공해 1958년 완공된 간몬터널 건설의 비에는,

'우연히 발생한 전쟁 때문에 공사가 늦어졌다.'

전쟁의 원흉을 딴 데로 돌리려는 의도가 짙다. 일본이 왜곡하는 침략 역사의 실상은, 중일전쟁을 일으킨 일본이 난징 대학살 등 잔악한 전쟁범죄를 저질러 미국이 일본에 석유 수출을 중단한 데에서 전쟁이 시작됐다. 석유 수출 전면 금지로 위기에 몰린 일본이 미국의 진주만을 공격하며 발발한 태평양전쟁은 일본의 항

복으로 끝났다.

난이도 최상급인 산길을 오르내리며 70m 높이의 고
보댐 완공을 위한 강도 높은 노동에 동원된 조선인은
2,000여 명에 달하였다. 가혹한 공사 현장에서 강풍을
고스란히 맞으며 강도 높은 노동을 잇던 당시 추락 사
고가 잦았다고 한다. 조선인이 추락하면 사람을 구조
하지 않고 시멘트를 덮은 채로 공사를 진행하여 조선
인 희생자가 많아 인골(人骨)댐이라 불렀다는 증언에
아연실색해졌다.

바람을 가르며 오토바이와 한 몸이 되어 도로를 달
리고 산길을 달려 찾은 현장에서 저자는 통절한 아픔
이 새겨진 역사의 흔적을 사진으로 남겼다. 미국과의
태평양 전쟁이 본격화되던 시절에 처참할 정도의 강제
노역에 시달린 조선인들은 수십만 명이다. 강제 노역
현장 곳곳에는 후일 조선인들이 세운 위령비나 추모비
를 목격할 수 있었다. 태평양전쟁 중 동원된 조선인 희
생자를 추도하는 비석은 민단 주도로 세워진 것이 대
부분이다.

일본은 조선인 노동자를 강제동원하여 본국의 제철소, 탄광, 군수공장, 비행장, 철도 공사, 댐 건설의 노동력 제공 수단으로 삼았다. 저자는 답사를 마치며 군국주의 일본 근대화의 밑바닥에는 조선인의 피와 눈물이 서려 있음을 확인한 시간이었다고 회고한다. 질곡의 역사에 풀리지 않은 과제를 그림자처럼 끌어안고 지내는 시대적 사명을 떠올린다. 조선인을 대상으로 저지른 일본의 만행에 위령비 앞에 놓인 소주 한 병이 역사의 질곡으로 스러져 간 혼을 달래는 듯하다.

'죽는 날까지 하늘을 우러러 한 점 부끄럼 없이' 살고자 했던 윤동주 시인은 민족적 양심을 지키며 살다 생을 마감하였다. 시인은 교토의 도시샤대학 재학 중 항일운동 혐의로 체포되어 후쿠오카 감옥에서 조국 광복을 6개월 앞두고 사망하였다. 일본에서 쓸쓸하게 죽어갔을 조선인들의 마지막과 겹쳐 나라 잃은 설움이 북받쳐 오른다. 일본 각지의 크고 작은 공사 현장에서 가혹한 노동에 시달린 조선인들의 희생이 역사의 뒤안길에 묻혀서는 안 된다. 약소국을 침탈하여 자국의 이

익을 우선한 일본은 조선인 강제동원이란 뼈아픈 역사적 희생 위에 산업근대화를 구축하였다.

일본이 역사적 과오를 바로잡는 그날을 위해 우리가 할 수 있는 일은 강제동원 피해자들과 유족의 비통한 울분을 기억하는 일이다. 역사를 왜곡하여 죄과를 덮으려는 일본 정부와 기업의 진심 어린 사죄와 배상은 진일보한 한일 관계를 위하여 선결되어야 한다.

효율이라는 신화와 비용 명세서

박장흥 (서울 구로구)

익숙한 풍경이 낯설어지는 순간, 우리는 비로소 그 풍경의 진짜 얼굴과 마주하게 된다. 발전소 엔지니어로 살았던 내 젊은 날의 세계는 거대한 기계들의 질서 정연한 합창으로 가득 차 있었다. 축구장만 한 터빈이 대지를 울리며 돌아가는 굉음 속에서, 수백 킬로미터의 파이프라인이 쉼 없이 증기와 냉각수를 실어 나르는 침묵의 역동성 속에서, 나는 강철로 지어진 신전(神殿)의 사제와도 같았다. 중앙제어실의 모니터 위로 초

록빛 데이터가 강물처럼 흐르는 풍경은 완벽한 논리의
세계였다. 모든 것이 오차 없이 맞물려 돌아가며 도시
의 밤을 밝히는 막대한 에너지를 생산하는 그 장엄한
파노라마 앞에서, 나는 일종의 경외감에 사로잡히곤
했다. 그곳에서 '효율'과 '최적화'는 의심할 여지가
없는 선(善)이었고, 우리가 추구해야 할 지상의 미덕이
었다. 입력(Input) 대비 출력(Output)을 극대화하는
것. 그것이 공학도로서 내가 배운 세계의 작동 원리였
고, 엔지니어로서 내가 수행해야 할 사명이었다.

설계도 위에서, 혹은 공정 관리 프로그램 안에서
'인간'은 때로 고려해야 할 여러 변수 중 하나로 존재
했다. 안전 규정 속의 한 항목이거나, 공정 효율을 떨
어뜨릴 수 있는 잠재적 위험 요소로 다뤄지기도 했다.
물론 나는 인간의 가치를 존중했지만, 시스템 전체의
안정적인 운영이라는 대의 앞에서는 개인의 서사나 감
정 같은 비정량적 요소들이 들어설 자리는 없다고 믿
었다. 그 거대한 시스템의 완벽함 이면에 존재할 수 있

는 '보이지 않는 비용'에 대해서는 미처, 혹은 애써 생각하지 않았다. 모든 위대한 건축물의 그늘에는 이름 없는 노동자의 땀이 스며있듯, 모든 완벽한 시스템의 동력원에는 눈에 보이지 않는 희생이 따를 수 있다는 사실을 나는 너무 늦게 깨달았다.

우동윤 작가의 『길에서 역사를 만나다』는 바로 그 보이지 않는 비용에 대한 집요하고도 아픈 탐사 기록이다. 광복 80주년이라는 시간의 이정표 앞에서 마주한 이 책은, 엔지니어라는 나의 정체성을 정면으로 돌아보게 만드는 날카로운 거울이 되었다. 저자는 오토바이를 타고 일본 본토 6,107km를 달리지만, 그의 여정은 공간의 이동이라는 물리적 행위를 넘어선다. 그것은 일본 근대화라는 거대 시스템의 혈관을 역류하여, 그 심장부의 어두운 동력을 확인하는 작업에 가깝다.

공학을 공부한 내게, 책에 등장하는 철도, 터널, 댐,

탄광은 단순한 토목 구조물이나 산업 시설 이상의 의미로 다가왔다. 그것들은 식민지 조선의 인력을 착취하고 동원하여 제국의 산업을 유지했던 시스템의 동맥이자 에너지원이었다. 관부연락선은 원료(인력)를 수송하는 파이프라인이었고, 일본 전역의 공사 현장은 그 원료를 소모하여 결과물(인프라)을 생산하는 거대한 공장이었다. 저자는 잘 닦인 그 길 위를 달리며, 아스팔트와 철근 콘크리트 아래에 묻힌 수많은 '부품'들의 신음을 듣는다. 그의 여정은 시스템의 화려한 성과를 감상하는 길이 아니라, 그 성과를 위해 지불된 비용의 명세서를 뒤늦게나마 확인하는 과정이다.

책장을 넘기는 내내 나를 사로잡은 것은 역사적 사실의 참혹함보다, 그 시스템 속에서 개인이 어떻게 지워지는가에 대한 서늘한 통찰이었다. 거대한 시스템은 효율을 위해 개별 부품의 고유성을 지우는 속성을 지닌다. 모든 것은 규격화되고, 예측 가능해야 하며, 통제되어야 한다. 일제강점기 강제동원이라는 시스템은 바로 그 속성을 가장 폭력적인 방식으로 구현한 괴물이었다. 그 안에서 조선인들은 이름과 얼굴, 고유한 삶의 서사를 잃고 '노무자' 라는 규격화된 부품으로 취급되었다. 그들의 죽음조차 시스템의 효율을 위한 '손실' 로 처리되었을 것이다.

한나 아렌트는 예루살렘의 법정에 선 아이히만을 보며, 악이란 악마적 심성을 가진 괴물에 의해서가 아니라, 사유하기를 멈춘 채 그저 시스템의 명령을 충실히 따르는 평범한 사람에 의해 자행될 수 있음을 통찰했다.

"사유의 부재가 낳는 재앙은, 악을 저지르는 자들에게 선과 악을 구별할 능력이 없다는 데 있는 것이 아니다."

그녀의 말처럼, 강제동원이라는 거대한 시스템에 관여했던 수많은 일본인들 역시 스스로를 악인이라 생각하지 않았을지 모른다. 그들은 그저 국가라는 시스템의 효율적인 부품으로서 자신의 임무를 수행했을 뿐이라고 항변할 것이다.

그러나 우동윤 작가의 여정은 바로 그 지워진 이름과 얼굴을 복원하려는 안간힘이다. 그가 수소문 끝에 인적 드문 산기슭에서 찾아낸 작은 위령비들은 그래서 더 큰 울림으로 다가온다. 세상의 눈을 피해 겨우 세워진 그 차가운 돌덩이들은, 시스템이 부여한 번호에 맞서 고유한 '이름'을 되찾아 주려는, 시스템의 논리에 맞서는 가장 인간적인 저항처럼 보였다. 그 비석에 새겨진 이름 하나하나를 호명할 때, 우리는 비로소 그들이 숫자로 환원될 수 없는, 저마다의 꿈과 사랑과 고향을 가졌던 한 명의 인간이었음을 기억하게 된다.

특히 히로시마현 고보댐 추도비에 새겨진 '연행連行'이라는 단어와, 개인 기념물 설치를 금지하는 도시샤대학 교정에 유일하게 선 윤동주 시인의 시비에 대한 이야기는 깊은 생각에 잠기게 했다. 거대한 시스템의 폭력과 집단적 망각에 균열을 내는 것은 결국 법이나 제도, 혹은 또 다른 거대 시스템이 아니다. 그것은 때로 비효율적이고 비합리적으로 보일지라도, 진실을 외면하지 않으려는 몇몇 개인의 양심이라는 예측 불가능한 변수다. 도시샤대학의 건학 이념이 '양심'이었다는 사실은, 이 폭주하는 시스템을 멈춰 세울 수 있는 유일한 비상 제동 장치가 바로 인간의 마음에 내재된 도덕률임을 시사한다. 이는 효율성과 최적화의 논리만으로는 결코 설명할 수 없는, 시스템을 넘어서는 가치다.

책을 덮고, 나는 발전소 중앙제어실의 차가운 모니터들을 떠올린다. 그리고 지금 내가 있는 도시의 한복판을 둘러본다. 나 역시 하나의 작은 세계를 이루는 시스템의 일부다. 이제 그 거대한 시스템은 내게 순수한 경외의 대상이 아닌 끊임없이 질문하고 성찰해야 할 대상이 되었다. 어떤 시스템이든 그 설계의 중심에는

'인간'이 있어야 함을, 효율이라는 이름 아래 결코 간과해서는 안 되는 비용이 있음을 이 책은 가르쳐 주었다.

광복 80주년을 맞는 지금, 우동윤 작가의 책은 나에게 묻는다. 당신이 관여하고 있는 이 세계의 시스템은 무엇을 위한 것이며, 그 안에서 인간은 존엄한 목적으로 존재하는가, 효율을 위한 수단으로 존재하는가. 길 위에서 역사를 만난 저자처럼, 나 또한 내가 딛고 선, 이 땅의 설계도를 끊임없이 되돌아보며 인간을 위한 시스템을 고민해야 할 책무가 있다. 그것이야말로 광복 80주년을 맞는 한 명의 엔지니어이자 두 아이의 아버지로서 다음 세대에게 물려줄 수 있는 가장 진실한 유산일 것이다. 나의 아이들이 살아갈 세상은, 부디 효율의 신화가 아닌 인간의 존엄성이 중심이 되는 시스템이기를 간절히 바라며, 나는 오늘 나만의 설계도를 펼쳐본다.

역사 속의 우리, 새로운 길목에서

박재우(서울 관악구)

시대를 기억하는 방식은 같은 시간, 같은 공간에서도 다를 수 있다. 어떤 이는 80년대를 어두운 독재의 시대로, 다른 이는 살기 좋았던 희망의 시대로 기억한다. 지금 이 시대도 누군가에게는 평화롭고 풍족한 시대로 기억될 테고, 다른 이에게는 불평등이 갈 데까지 간 암울한 시대로 기억될지 모른다. 같은 시대의 사람들이 완전히 다른 생각을 가질 수 있다면, 현재의 시점에서 과거를 객관적으로 판단하는 일은 어디까지 가능한 것일까.

 일제강점기도 마찬가지다. 우리에게는 이 문제에 이미 어느 정도 합의된 내러티브가 있다 믿지만 그것이 과연 세계인들에게도, 혹은 미래인들에게도 유효할까 하는 것이다. 식민지 나라의 고통을 그대로 떠받았던 수많은 조상들의 기억이 남아있는 반면, 이전의 전제 왕정보다는 살기 좋아졌다 믿는, 일본인들은 친절했고 일본어 배우기는 재밌었다고 말하는 어르신들도 분명 존재한다. 누군가 거짓을 말하고 있다고 하면 간단하겠지만, 실제는 더 복잡하고 그래서 역사는 항상 어려운 것이 된다.

 영국의 역사교육에서 가장 큰 족적을 남긴 Peter Lee는 역사를 가르치는 목적으로 '과거를 함부로 재단하지 않는 경향'을 가지게 하는 것을 언급했다. 특히 현재의 눈으로 과거를 바라보는 시대착오적 관점을 경계하고, 그 시대를 역사적 맥락 속에서 있는 그대로 바라보는 눈을 키워주는 게 역사가 가진 역할이라는 것이다. 과거 유산의 전승, 반성과 교훈을 위한 역사는 역사의 일부 기능일 뿐 전부는 아니다. 본질적으로는, 역사는 시간을 넘나들며 사건을 탐색함으로써 과거엔 당연했던 것이 현재는 그렇지 않음을, 나아가 현재에 당연해 보이는 것이 미래엔 또 그렇지 않을 수 있음을 자연스레 자각하게 하는 학습의 방식이다. Peter Lee의 표현처럼, 역사에서 '큰 그림(big picture)'을 볼 수 있게 되면 우리는 우리네 삶을 비판적으로 통찰하고 나아가 우리의 시대를 더 나은 방향으로 '변형(transform)' 시킬 수 있다.

이런 관점에서 이 책과 같이 조명되지 못한 역사적 사건에 대한 정보를 넉넉히 제공해 주는 자료는 매우 소중하게 느껴진다. 과거에 대해 더 많은 것들을 알수록 큰 그림을 더욱 세밀하게 채워나갈 수 있기 때문이다. 저자는 25일간 일본 열도 최남단에서 최북단까지 오토바이로 일주하며 열도 곳곳에 차갑게 남겨진 우리 조상의 흔적을 더듬는다. 개중에는 우리의 감정을 위로해 주는 것도, 더 분노하게 하는 것도 있었다.

저자의 말처럼 일제의 조선인 강제동원의 역사는 우

리의 일반적 인식보다 훨씬 더 광범위하고 시기적으로도 앞선 것이었다. 재일 한인 노동자의 흔적은 저자의 경험처럼 지금도 그 정확한 위치를 쉽게 찾아가기 힘든 곳이 많을 정도로 상대적으로 외면되어 온 역사였다. '100인 참수 경쟁'을 할 정도로 인명 경시 풍조가 만연했던 당시 군국주의 일본이 2등 시민인 조선인 노동자에게 어떤 대우를 했을지는 쉽게 짐작이 가나, 그 흔적을 실제로 눈으로 보는 것은 힘겹고 불쾌한 일이었을 것이다. 저자는 그 무거운 경험을 보다 가벼운 오토바이 여행기의 형식으로 우리에게 공유해 주지만, 여전히 그 무게는 덜어지지 않는 것 같다. 희생자 59명 중 37명이 조선인인 미야시타댐의 사고, 조선인 노동자 비율이 30% 미만이었지만 희생자는 70%가 넘었던 유바리탄광의 비극, 희생자 183명 중 136명이 조선인이었던 조세이탄광 수몰 사고, 조선인 5천여 명이 마이즈루항 앞바다에서 침몰하여 수장된 우키시마호 폭침 사건 등 우리가 모르고 있기엔 너무나도 크고 무거운 이야기들이 그곳에 묻혀있었다.

나부터 왜 이런 사실들을 몰랐을까에 대한 자책과 함께, 이 이야기들을 우리에게까지 전해준 고마운 사람들에 시선이 옮겨 갔다. 흥미로운 건 이 사건들에 처음 문제 의식을 갖고 파고들어 공론화한 주체는 오히려 일본인들이 많았다는 것이다. 특히 일본 내 고등학교 동아리들의 활약이 컸다. 츠가댐 조선인 강제동원 사례는 고치현 서부 하타 지역 8개 고등학교 연합 동아리인 '하타제미' 가 1990년에 밝혀내었다. 이들의 노력으로 지역시민사회와 지방자치단체의 공감을 이끌어 내어 훗날 평화기념비까지 세우고 매년 그 희생자를 위로하는 행사를 한국의 고등학생들과 함께 열고 있다. 구 일본 아사지노 비행장 공사에서 일어난 비극도 하마톤베쓰 지역 고등학생 동아리와 시민단체의 조사로 세상에 알려졌다. 1942년부터 1944년까지 이 비행장을 공사하는 과정에서 사망한 100명이 넘는 조선인 강제동원 피해자들의 참혹한 이야기도 일본의 고등학생, 대학생, 시민단체의 노력으로 알려졌고 세 차례에 걸쳐 유해 발굴 작업이 이루어졌다. 고보댐 추도비 또한 히로시마 지역 교직원 모임과 고등학생 동아리가 합동하여 건립한 것이다.

왜 하필 '고등학생 동아리'이고, 이것이 의미하는 바는 무엇일까. 젊은 세대와 그에 대한 교육이 새로운 변화를 이끌 수 있다는 뜻이 아닐까. 저자의 생각처럼 우리나라의 새로운 세대는 이전만큼 일본에 대한 묵은 감정이나 타도 정신 같은 것이 없다. 마찬가지로 일본의 젊은 세대도 이제는 한국을 그저 무시할 나라로 보거나 배척하지 않는다. 세대의 교체는 이전의 감정을 누그러뜨리고 갈등 해결의 새로운 국면을 열 수 있다. 과거 독일 통일에서도 89년 10월 초 베를린 시위대의 4할이 청소년이었다. 과거로부터 얽매일 게 없는 세대가 결국 미래를 여는 데 앞장선 것이다.

그렇다면 우리는 이들에게 어떤 역사를 가르쳐야 하는가에 대해 고민하지 않을 수 없다. 일제강점기를 미화하거나 자학적 역사관으로 회귀하는 건 물론 안 될 것이나, 오랜 감정에만 머물러 미래를 막는 것도 경계해야 하지 않을까. 결국 우리가 원하는 건 일본의 진정한 반성과 그에 걸맞은 실질적인 조치, 구체적으로 피해자에 대한 직접적인 사과와 충실한 보상이다. 그렇다면 서로 감정적 갈등만을 이어가는 것이 정답인가에 대한 재고가 필요하다. 오히려 이 책에서 보여준 긍정적 사례들처럼 일본 내에서 우리를 돕는 움직임에도 우리가 더 관심을 기울이고, 새로운 세대와 함께 서로 따뜻한 마음으로 짓이겨진 잔혹한 역사를 공동으로 극복하려는 시도가 필요한 때다.

같은 시대를 다르게 기억하는 이유는 한 시대와 그 역사가 수많은 이들의 다양한 삶의 궤적을 모두 품고 있기 때문이다. 오늘날 일본이 과거사에 충분한 반성을 보이지 않고 있다는 일반적 인식에도, 그렇지 않은 일본인도 많이 있음을 기억해야 한다. 또한 저자가 책에 서술하였듯, 여행 중 만난 일본인들은 모두 한국에서 온 오토바이 여행자에게 따뜻했고, 소소한 취미를 공유하며 서로 응원해 줄 수 있는 보통의 이웃이기도 했다. 사람들은 한 시대 속에서 거대한 역사의 파도에 자신의 몸을 겨우 가누며 각자의 역사를 기억하고, 써 내려간다. 아사지노 비행장터 유해 발굴에 앞장선 일본인과 그 위령비 건립을 협박 편지로 중단시킨 일본인은 같은 시대를 살고 있다. 그렇다면 바다 건너에서 고향을 그리며 억울하게 잠든 우리 동포의 넋을 기리기 위해 지금 우리가 진정으로 가야 할 경로는 어느 쪽인가. 길의 뒤편을 바라보면 지나온 아픈 역사가 있지만, 고개를 돌려 앞을 보면 사람들이 보이고 그들과 함께 갈 새로운 길이 눈앞에 펼쳐진다. 지나온 길을 잊어서도, 새로운 길을 포기해서도 안 되는 것이 결국 여행자의 운명이지 않을까.

행동하는 양심으로 거듭나게 하는 책

손인선 (대구 북구)

올해는 광복 80주년 되는 해다. 방송사마다 80주년을 맞아 다양한 프로그램을 준비해 방영했다. 그중 지난여름 8.15 특별기획으로 대구MBC에서 광복 80주년 특별기획 "양심"을 방영했다. 강제동원 피해자 지원 활동을 자발적으로 30년간 해오고 있는 일본 공무원, 야노 히데키 씨와 또 한 사람 외무성 공무원이었던 하나후사 도시오 씨가 지금껏 활동하는 있는 이유로 "문제가 해결되지 않았기 때문" 이라는 말을 했다. 그 말은

본방송이 끝난 후에도 내내 귓가를 맴돌았다.

이 책은 지난해 학이사에서 출간해 "2025 상반기 올해의 청소년 교양도서"로 선정된 책으로 오토바이를 타고 일본 최남단 규슈의 사타곶에서 최북단인 홋카이도 소야곶까지 곳곳에 흩어져 있는 조선인 강제동원의 흔적을 찾아 답사하고 사진으로 기록한 25일간의 일본 일주를 책으로 출간한 것이다. 전문가의 눈과 손이 담아낸 사진과 기록은 읽는 내내 마음 한구석을 아프게도 했으나, 경치 좋은 풍광이 펼쳐지면 그 마음을 잠시 내려놓게도 했다.

저자인 우동윤 기자는 KBS대구방송총국 보도국에서 기자로 일하고 있다. 2018년 다큐멘터리 사진 공부를 시작한 것이 지금은 사진기록연구소 회원으로 활동 중이며 그동안 두 번의 개인전과 다섯 번의 단체전을 열었다. 개인 사진집으로 『대구청년보고서』를 펴냈고, 합동 사진집 『군위』, 『228X二二八』 등의 사진집 출판에 참여한 이력도 있다. 기자, 사진, 일제강점기 한일 관계에 관한 역사 공부, 이 세 가지로 이 책은 이미 출간 준비를 갖췄다.

"순난의 비뿐만 아니라 일제강점기 조선인 강제동원과 위안부에 관한 역사는 대부분 일본인들에 의해 알려지고 기념되어 왔다. 이들의 노력이 없었다면 일본 곳곳에 남아 있는 비극의 흔적은 이미 사라지고 잊혔을 것이다. 그 역사의 흔적을 찾아 기록하고 널리 알리는 것은 이제 우리의 몫이다."(74쪽)

이웃 나라인 일본과 우리나라 사이에 일어난 사건 중 그동안 모르고 있었던 사건이 참 많았다는 사실이 부끄럽다. 장소가 일본 내에서 일어난 일이고 태어나기 전에 일어난 사건이 많긴 했지만, 후대에 진상 규명을 밝히기 위해 지금껏 노력하는 이들은 현재를 살아가는 이들이다. 많은 이들이 역사적인 장소보다는 관광 위주의 일본 여행을 하고 있는 현실에서 더 많은 사람들의 관심만이 진실을 규명하는 시간을 한 걸음이나마 앞당기게 될 것이다.

"민간 교류가 활발해져 두 나라 국민들이 지금보다 훨씬 더 가까워진다고 하더라도 한일 관계의 한계는 명확한 것 같다. 결국 매듭짓지 못한 과거가 발목을 잡아 더 나은 미래로 나아갈 수 없도록 한다. 가깝고도 먼 나라 한일 관계를 가장 정확하게 비유하고 있다는 생각을 다시 한번 하게 된다."(98쪽)

올여름 아들의 입사 동기인 "모리시마"라는 한 청년이 4박 5일 일정으로 집을 방문했다. 한국 방문이 처음이라 가는 곳마다 먹는 것마다 신기해하던 싹싹한 청년이었다. 간송미술관에서 "청자 상감운학문 매병"을 구경하다가 일본이 약탈해 간 것을 간송 전형필이 돈 2만원, 당시 서울 시내 기와집 20채 살 돈을 지불하고 다시 사 왔다는 설명에서 모리시마는 머쓱해져서 머리를 긁적였다. 지금 젊은이들의 잘못은 아니지만 민간 외교 역할을 하는 이 청년들이 가교 역할을 잘해서 가깝고도 먼 나라의 관계에서 한 발 더 나아가기를 염원한다.

"자료에는 희생자 위령탑 사진이 있었는데 주변을 아무리 찾아봐도 보이지 않았다. 못 주변과 야산을 한 시간 넘게 헤맸는데도 찾을 수 없었다. 반쯤 포기하고 주차장으로 내려오다 보니 주차장 구석 나무 그늘 밑에 위령탑이 보였다. 위령탑 주위로 나무와 숲이 우거져 있는 데다 바로 앞 주차장에 차가 있어서 하마터면 찾지 못할 뻔했다."(185쪽)

사람 개개인의 특성에 따라 다르겠지만 많은 사람의 심리는 자기중심적이다. 나, 이웃, 국가 순으로 큰 실수나 잘못을 했을 때, 자기중심에서 혹은 나와 가까운 어느 편에서 그것을 드러내 용서를 구하고 사과하기보다 은폐하려는 경우가 많다. 일본 곳곳에 세워진 위령비의 내용이 조작된 경우나 위령비를 보이지 않게 한

쪽 구석에 방치한다든가 하는 것에서도 드러내고 싶지 않은 그들의 심리가 읽힌다.

"당시 일본군의 주요 군수기지이자 군사항이었던 고베항에 노동력이 부족해지자 일본은 조선인과 중국인, 연합군 포로를 강제노동에 동원했다. 비에는 이런 사실을 인정하고 다시는 이런 일이 없도록 평화를 기원한다는 내용이 새겨져 있었다. 시민단체 '조선인과 중국인 강제연행을 조사하는 모임' 이 주도했는데 일본에는 이런 시민단체들이 적지 않다. 일본 정부는 역사를 숨기고 왜곡하고 있지만 깨어있는 일본 시민들이 올바른 역사 알리기를 하고 있어 다행이라는 생각이 들었다."(192쪽)

"깨어있는 일본 시민" 이 아마도 첫 단락에서 언급한 야노 히데키 씨와 하나후사 도시오 씨 같은 분들일 것이다. 강제동원되었던 우리 조상의 삶을 생각하면 대놓고 미워할 수밖에 없지만 꾸준하게 올바른 역사를 알리기 위해 노력하는 이들이 적지 않다는 사실은 또 한편 고맙기도 하다.

대구MBC 광복 80주년 특별기획 "양심"에서 상처를 당당하게 마주 보고 아픈 역사의 상처를 도려내 아물 수 있도록 도와주는 것이 한 사람 한 사람의 행동하는 "양심"이라고 했다. 『길에서 역사를 만나다』의 저자 우동윤 기자 또한 한 사람의 행동하는 양심이라는 생각이 들었다. 지워진 과거를 되살리는 현재의 한 사람으로서 왜곡과 과장 없이 있는 그대로의 모습과 역사를 기록했기 때문이다. 그 결과물(『길에서 역사를 만나다』)이 우리 눈앞에 있는 이상 부정할 수 없는 사실이다. 이 책을 선택한 독자 한 사람 한 사람이 행동하는 양심으로 마음을 모은다면 모두가 염원하는 그날은 조금 더 당겨지지 않을까.

강제동원 그 아픔의 흔적

안창식 (대구 중구)

사도광산의 조선인 강제동원 역사를 담은 일본 기업의 내부 자료가 공개됐다. 사도광산 소유권자였던 미쓰비시광업 측이 1950년 만든 책 초고 사본이다. 제목은 사도광산사이다. 자료에는 1944년에서 1945년 조선인 노동자가 514명 증가해 압도적 노동자였다고 기록돼 있다. 이에 따르면 당시 사도광산에서 일한 조선인은 천 명 이상으로 추산된다. 그런데 최근 일본 정부가 세계유산 등재를 추진하는 일본 측 억지 주장대

로 사도광산에서 조선인 강제동원이 있었다는 사실을
삭제한 채 등재하였다. 일본은 왜 진실을 왜곡하고 은
폐하고 있는가?

일본 나가사키현 남서쪽에 있는 무인도인 하시마섬
은 해상군함을 닮아 군함도라고 불린다. 하시마섬이
군함 모양이 된 것은 일본 전범 기업 미쓰비시가 이곳
해저 탄광에서 석탄을 채굴하기 위해 시멘트를 매립하
고 사방에 콘크리트 벽을 세우면서부터다. 조선인 천
여 명이 군함도로 끌려왔다. 그들은 해저 1,000m 탄광
갱도로 내려가 평균 45도가 넘는 고온과 95% 습도 그
리고 유독가스 속에서 석탄을 채굴하였다. 하루 12시
간~16시간 일하면서 사료나 비료에나 쓰일 만한 찌꺼
기로 겨우 끼니를 때웠다. 일본 헌병이 칼을 차고 이들
을 감시했다. 군함도에는 아파트를 비롯해 학교·병원
등 주거에 필요한 시설이 갖춰져 있었지만, 일본인을
위한 공간이었다. 조선인들은 3평 남짓한 목조건물에
웅크려 자야 했고 암석에 의한 부상, 피부병, 과로, 굶
주림 등 몸이 아파도 방치되었다.

조선인 강제동원 흔적을 찾아 오토바이로 일본을 일주한 저자 우동윤은 올해로 20년째 KBS 대구방송총국 보도국에서 기자로 근무하며 다큐멘터리 사진작가로도 활동하고 있다. 2020년부터 사진기록 연구소 회원으로 다양한 기록 작업에 참여하여 온 그는 광복 이후 80년 세월이 지났으나 일본이 여전히 조선인 강제동원 사실을 인정하지 않고 책임을 회피하고 있다며 일본의 조선인 강제동원이 1910년 이전부터 치밀한 계획하에 광범위하게 자행됐다는 점에 주목하였다. 그는 광복 80주년을 앞두고 일본 본토 최남단에서 최북단까지 흩어져 있는 조선인 강제동원 흔적을 찾아서 역사의 아픔을 직접 사진을 찍고 글로 기록한 서적을 발간했다.

그는 일제강점기 조선과 일본의 유일한 바닷길이었던 관부연락선 항로를 따라 일본에 도착한 뒤 한 달 동안 오토바이로 6,107km를 달리며 일본 전국 방방곡곡의 조선인 강제동원 현장을 답사했다. 일본 규슈, 시코쿠, 혼슈, 홋카이도의 탄광과 댐, 철도 등 일제강점기

조선인의 노동력으로 건설된 각종 시설과 희생자 위령
비 40여 곳에 대한 생생한 해설과 사진을 담고 있다.
이 가운데는 1901년 조선인 150여 명이 동원돼 일본
철도 공사 최초의 조선인 동원 사례로 알려진 구마모
토현 히사츠선의 오코바역과 1909년 건설 당시 일본
최대 높이의 철도 교량으로 조선인 3천여 명이 동원됐
던 효고현의 아마루베철교 등 그동안 국내에 잘 알려
지지 않았던 조선인 강제동원 현장을 글과 사진으로
남겼다.

저자는 일본의 조선인 강제동원이 단지 전쟁 수행을
위한 일본의 만행이었다는 인식에 머물러서는 안 된다
고 강조한다. 일본은 중일전쟁을 계기로 1938년 제정
한 국가총동원법 이후 조선인 강제동원을 무차별적으
로 자행한 걸로 알려져 있으나 사실은 한일병합 훨씬
이전부터 치밀한 계획하에 경제 기반이 무너진 조선의
경제를 침탈하여 일본 자국의 근대화를 위한 노동력을
확보해 왔다. 그 흔적과 증거를 현장에서 확인할 수 있
었다. 그래서 책에는 독자들이 강제동원 현장과 위령

비의 정확한 위치를 파악할 수 있도록 부록에 답사지의 위도와 경도를 표기하였다.

징용은 합법이었다고 주장하는 내용의 실상도 조사해 보면 실제로 일제는 막무가내로 끌고 간 것이 아니라 1938년 만든 국가총동원법에 따라 영장을 발부하고 징용했다. 거부하면 감옥에 가거나 노역해야 했다. 기록에는 조선인 1,072명이 징용을 거부해 처벌받은 것으로 나온다. 대한민국 헌법은 일제의 식민지 지배 자체를 불법으로 규정한다. 식민지 지배 아래서 이뤄진 징용을 합법이라고 주장한다면 헌법을 부정하는 셈이다. 법에 근거한 과거의 모든 행위가 현재의 정당성을 갖는 건 더욱 아니다.

일본이 자발적 돈벌이였다고 주장하는 내용의 실상도 조사해 보면 땅이 없어 쌀을 공출로 내지 못한 가난한 농민들이 국내외 군수 시설에 동원돼 일했다. 돈 벌 수 있다는 장밋빛 선전에 속아 남태평양의 섬으로, 일본으로 간 경우도 있다. 전범 기업들은 뱃삯은 물론 배에서 먹은 밥값 등을 '선대금' 명목으로 공제했다. 도착해서는 곡괭이, 이불, 탄광용 랜턴 사용료까지 모두 부담시켰다. 그런 비용들은 빚으로 쌓여 보통 1년 치 임금과 맞먹었다. 굶주림과 차별이 일상이었고 월급을 고향으로 송금했다는 말도 대부분은 거짓이었다. 1939년부터 1942년까지 일본으로 간 조선인 가운데 25만 7천 명이 작업장에서 탈주를 시도했다고 일본 내무성은 기록하고 있다.

독일은 전후 과거 그들이 저지른 만행과 과오를 반성하며 피해국에 사죄와 보상을 하고 있다. 그런데 일본은 왜 진실을 왜곡하고 은폐하고 있는가? 참으로 난해한 이 물음에는 그들 국토가 지닌 운명 즉 지진과 태풍 등의 천재지변에 유달리 시달려 움츠린 국민성과 살아남기 위한 정치인들의 우경화 성향으로 보인다. 그러나 저자가 만난 양심적인 다수의 일본인 중에는 진실에 동참하며 대신해서 속죄를 구하는 사람들도 있었다는 것이 무척 고무적으로 느껴졌다.

저자는 일본의 번영 뒤에는 조선인의 눈물과 한이

서려 있으며 조선인의 희생으로 이룩한 번영이었다는 사실을 직접 글과 사진으로 하나하나 증명해 보였다. 그는 다큐멘터리 사진가로서 왜곡과 과장 없이 있는 그대로의 역사를 기록하는 것이 앞으로 한국과 일본 두 나라의 발전에 긍정적인 힘으로 작용할 것이라고 믿는다. 또한 우리 청소년들도 강제동원의 배상 문제를 둘러싼 갈등의 배경과 실상을 이해하고 올바른 역사관을 갖는 데 도움이 되기를 바라고 있다.

책에서 역사를 만나다

오해은 (부산 수영구)

이 책의 부제인 "조선인 강제동원 흔적을 찾아 떠난 오토바이 일본일주". 문장을 보자마자 한국인으로서 지나칠 수 없었다. 지난 9월, 충북 청주에서 열린 한국 지역도서전에서 만난 이 책은 지역출판사에서 책 만드는 편집자로서 집어들 수밖에 없는 책이었다. 내가 일하는 출판사에서도 세상에 알려지지 않은 우리의 아픈 역사를 쓰고, 독자들에게 알리는 작가들과의 작업을 계속해서 해오고 있기 때문이었다. 외교로 항일투쟁하며 조선의 독립을 전 세계에 알린 독립운동가 서영해에 관한 기록을 모은 『파리의 독립운동가 서영해』나 항일무장투쟁 전사로 활약한 장군 김명시의 기록을 모은 『김명시』, 우키시마호 사건을 다룬 단편소설이 실린 소설집 『도항』 등 일제로부터 당했던 폭력을 후대에도 잊지 않고 전하기 위해 애쓰는 작가들을 보아왔기에 대구에 위치한 학이사 출판사의 이 책은 그래서 더욱 의미 있게 다가왔던 것 같다.

저자인 우동윤 기자님은 6,000km를 오토바이와 함께 일본 최하단부터 최상단까지 가로지른다. 제일 먼저 놀라면서도 충격받았던 것은, 오직 "조선인 강제동원의 역사"를 답사하기 위해 그것도 "오토바이"라는 교통수단을 이용하여 일주했다는 것이다. 책 초반 '책을 펴내며'에는 "이들의 고단하고 억울했던 삶을 사진으로 기록해야 한다는 사명감은 더 불타올랐다."라는 문장이 있는데, 아무리 아픈 역사를 가진 우리나라라지만 마음먹기부터 방대한 사전 자료와 홀로 해내야 한다는 부담감까지 있는 이 작업을 결국 해내신 그 정신과 의지가 한꺼번에 느껴지는 문장이었다.

책을 모두 읽고 난 후, 가장 크게 와닿은 부분은 책의 거의 모든 페이지마다 삽입된 저자가 직접 찍은 사진이었다. 감히 이 책은 이 사진들 없이는 완성되지 못했다고 말할 수 있을 정도로 기록으로서의 가치가 충분한 사진이었는데, 가장 기억에 남는 사진 2개가 있다. 하나는 10일 차 여행에서 만난, 104쪽의 다츠코상과 일주의 막바지인 23일 차에 만난 해저탄광 환기 시설인 피야이다. 두 사진 모두 광활한 바다 한가운데에 있는 조형물의 모습을 하고 있는데, 다츠코상은 아키타현 센보쿠 다자와 호수의 물을 이용한 수력발전을 위한 공사에 동원되어 희생된 조선인들을 은폐하고 동상의 건립 의미를 우리로서는 받아들일 수 없는 것으로 설명문이 적혀 있다고 저자는 말한다. 지금도 조선인 위안부에 대해 공식적인 사과를 하지 않는 일본 정부이기에 그리 놀랍지 않은 사실이긴 하지만 유독 우리나라에게만 자신들의 잘못을 인정하지 않는 끈질김에 저자와 비슷한 헛웃음이 나와버렸다.

또 하나는 바다 밑 사람들의 숨구멍이었던 피야. 책의 사진을 보면 환기 시설이 바다 한가운데 덩그러니 설치되어 있다. 이 사진에서 일제에 강제동원되어 고통받았던 조선인들의 삶이 보이는 것 같아 마음이 불편하면서도 아팠다. 석탄광, 기찻길, 비행장, 댐, 터널 등 일본 땅, 수많은 곳에서 조선인들은 기록으로조차 남기지 못한 고통스러운 시간을 보내야만 했다. 바다 아래에서 석탄을 캐며 그들은 편히 숨을 쉴 수 있었을까. 또, 끼니는 제때 챙길 수 있었을까. 아마 아닐 것이다. 히로시마현에 있는 고보댐 공사 현장에서 자주 있었던 추락사고에 조선인이 희생되면 구조하지 않고 시멘트를 덮어 그대로 공사를 진행했다고 하니 더 붙일 말도 없다. 당시 일본인들에게 조선인들은 과연 어떤 존재로 보였던 걸까. 같은 인간으로 취급은 하였던 것일까.

답사기를 쭉 따라가며 일본 땅에 강제동원됐던 조선인들의 위령비가 많은 곳에 세워져 있음을 알게 되었다. 저자는 그 위령비를 찾아 구글맵과 인터넷 블로 그를 뒤져 가며 고군분투한다. 여러 공사 현장에서 희생된 사람들의 이름을 기억하는 위령비가 세워져 있다는 것은 물론 다행스러운 일이지만, 당연한 일이기도 하다. 하지만 저자는 조선인들의 희생을 기리는 비들 몇몇개가 공중화장실 옆에 위치하고 있다는 사실을 전하며 분노하고 있다. 의도된 것인지는 알 수 없지만 그곳에 있다는 사실만으로 충분히 불쾌할 만하다는 생각이 들었다. 조선인 강제동원에 대한 일본의 공식적인 사과와 함께 일본 곳곳에 방치되어 있는 위령비에 대한 관리가 필요하다는 저자의 말에 전적으로 동감하게 되는 부분이었다.

저자의 일본 일주를 따라가며 수많은 위령비/탑과 기념공간, 강제동원의 현장을 마주했다. 물론 직접 그 장소에 가보는 것과는 느낌이 많이 다르겠지만 직접 두 눈으로 본 것 같은 생생한 사진들이 함께 있어 저자가 전하고자 하는 것이 더 잘 와닿았다. 잘 관리되지 않은 위령비과 기념관들을 보며 분노하기도 하고, 일주를 하는 동안 그에게 응원의 말을 건네는 일본인들

얼굴을 보며 기쁨을 느끼기도 했다.

'일본' 하면 두 가지 이미지가 떠오른다. 하나는 과거 역사 속 조선을 식민지배하며 착취하고 물자부터 문화까지 빼앗으려 했다는 것. 다른 하나는 바다 건너 바로 옆에 있어 여행하기 쉬운 나라라는 것. 지금도 짧은 기간 해외여행을 떠나고 싶다는 생각이 들면 제일 먼저 떠오르는 곳이 일본이다. 살아오면서 일본으로 여행을 세 번 다녀왔지만, 이 책에 나온 장소는 한 곳도 가보지 않았다. 과거 조선인들이 강제로 일본으로 건너가 강제노동하며 착취당해 왔다는 사실은 잘 알고 있었지만 그들이 어떤 곳에서, 어떤 노동을 하며, 어떤 폭력적인 언어를 당하다 생을 마감했는지까지는 관심을 두지 않았다. 이 책을 통해 일본 어느 도시, 어느 현, 어떤 장소에서 조선인들이 살아갔고 죽음을 맞이했는지 알게 된 이상 언제가 될지 모를, 일본에 가게 될 기회가 생긴다면 그들의 숨결을 느끼러 책에 나온 장소들에 들러야겠다.

또 하나, 25일간 오토바이와 함께 일주를 무사히 마친 우동윤 기자님의 앞으로의 활동이 기대된다. 그의 계획은 보통 사람이라면 계획하기도, 그것을 실천하기도 쉽지 않았을 것이다. 조선인 강제동원의 역사적 사실이 죽은 역사가 되지 않기를 바라는 저자의 간절한 마음이 여기 한 독자에게 가닿았음을 이 글로나마 전하고 싶다.

해묵은 이웃, 일본에서 마주한 기억과 추모

유현지 (경기도 용인)

일본을 떠올리면 언제나 '해묵다' 라는 단어가 머릿속에 그려진다. 단순히 오래되었다는 뜻이 아니라, 풀지 못한 매듭이 세월 속에 굳어져 남아 있다는 의미다. 우리와 일본의 관계는 바로 그런 해묵은 감정 위에 서 있다. 일제강점기에 자행된 제국주의적 침탈은 여전히 우리 민족의 가슴속에 피멍처럼 남아 있다. 위안부 문제, 마루타 생체실험, 강제동원과 같은 비극은 이름을 부르는 것만으로도 숨이 막히지만, 지금도 해결되지 못한 채 굳은 매듭처럼 우리 역사 속에 남아 있다.

『길에서 역사를 만나다』는 바로 그 해묵은 상처들을 따라 일본을 일주하며 마주한 기록이다. 억울하게 희생된 이들의 흔적을 좇아 그 자리에 디딘 발걸음이 책장에 고스란히 담겨 있다. 책을 읽는 동안 위령비에 새겨진 조선인의 이름을 보며, 햇빛조차 들지 않는 탄광의 사진을 마주하며, 나는 작가와 함께 눈을 감고 그들의 신음을 들었다. 그의 여정을 따라가며 나는 과거를 구경하는 방관자가 아니라, 억울하게 끌려가 스러져 간 조선인들을 뒤따라 걷는 '추모자'가 되었다.

위령비 사진 옆에는 '몇 명', '몇천 명'의 형식으로 희생자의 수가 기록되어 있었다. 그 숫자만으로도 비극의 크기를 가늠하기에 충분했지만, 내 마음을 더 짓누른 것은 그 숫자를 이루는 하나하나의 삶이었다. 강제로 끌려와 굶주림과 추위 속에서 버텼던 청년들, 아이를 남기고 끝내 돌아오지 못한 아버지들, 억울한 죽음을 맞으며 마지막까지 고향을 그리워했을 누이와 아들, 형제들의 모습이 눈앞에 겹쳐졌다.

그 속에 담긴 개인의 꿈과 눈물을 떠올리자 그 무게는 헤아릴 수조차 없었다. 마지막 끼니조차 굶주렸을 사람, '고향으로 돌아가리라'는 희망 하나로 하루를 버텼을 사람, 편지 한 장 남기지 못한 채 땅속에 묻힌 사람…. 숫자 하나하나를 들여다보면, 이름 없이 죽어간 수많은 이들 모두가 각기 자신의 삶의 전부를 품고 있었다. 책장을 넘길 때마다 나는 마치 그 기록이 나를 향해 말을 건네는 듯한 감각에 사로잡혔다. 잊지 말아 달라는 간절한 호소가 글자 사이로 스며 나와 내 가슴을 무겁게 울렸다.

특히 '대구부'라는 글씨가 새겨진 사진을 보았을 때 마음이 저릿했다. 지하호 어딘가에서 누군가가 피눈물로 새겼을 그 글자는 고향을 향한 절절한 울부짖음처럼 다가왔다. 한 사람의 손길에서 비롯되었지만, 동시에 수많은 이들의 그리움이 겹쳐져 있었다. 책 속 사진으로만 마주해도 이렇게 아픈데, 실제로 그 흔적을 마주한 작가는 얼마나 쓰라렸을까. 그 애통함이 내 마음에도 고스란히 스며들었다.

‘똥굴동네’를 향한 멸시 또한 마음이 아팠다. 작가는 전쟁이 끝난 뒤 배를 타고 귀환하려 했지만 끝내 돌아가지 못한 사람들이 정착한 곳이 바로 그 마을이었다고 전한다. 강제동원 희생자의 후손이라 할 수 있는 그들이 정당한 대우는커녕, 오히려 낙인과 차별 속에서 살아가고 있었다. 역사가 바로잡히지 못한 자리에서, 과거의 수모는 지금까지도 끝나지 않은 폭력으로 이어지고 있었다.

더 안타까운 것은 추모조차 제대로 존중받지 못한다는 점이다. 위령비가 사람들의 발길이 잦은 화장실 옆에 세워져 있다는 사실은, 희생의 기억을 마땅히 기려야 할 자리가 얼마나 홀대받고 있는지를 보여준다. 또한 코로나를 핑계로 문을 닫아 버린 망간기념관의 모습은, 피해의 역사가 얼마나 손쉽게 잊히도록 할 수 있는지 상징적으로 드러낸다. 역사가 제대로 해결되지 못한 채, 피해자들의 이름과 삶이 잊히고 모욕당하는 현실을 떠올리니 분노와 슬픔이 동시에 밀려왔다.

다행인 것은, 책의 여정을 따라가다 보면 따뜻한 일

본인들의 모습도 만날 수 있었다는 점이다. 길을 안내해 주고, 역사적 현장을 조사하는 데 기꺼이 힘을 보태 준 사람들, 진심으로 아픔에 공감해 준 사람들…. 그들의 마음은 위로가 되었고, 진정성 있는 사과로 소중하게 다가왔다. 그러나 과거사의 피해자들에게는 개인의 친절의 따뜻함과는 별개로 국가적 차원의 침묵은 여전히 벽처럼 차갑게 느껴질 것이다.

일본의 차가운 침묵은 책에서도 선명히 드러나 있었다. 마이즈루 붉은벽돌공원에서는 욱일기를 연상시키는 무늬가 새겨진 관광상품이 버젓이 판매되고 있었다. 이는 제국주의 역사로 자주 비교되는 독일의 태도와는 극명히 대조된다. 나치의 역사는 지금도 독일 사회에서 철저히 금기시되며, 문양 하나에도 민감하게 반응한다. 과거를 직시하고 다시는 되풀이하지 않으려는 의지가 사회 전체에 스며 있기 때문이다. 그러나 일본에서는 여전히 욱일기의 상징이 아무런 거리낌 없이 소비되고 있었다. 최소한의 금기도 지키지 못하는 태도는 피해자의 상처를 현재형으로 되살리고 있었다.

과거를 망각 속에 묻어 두려는 안일한 태도는 결국 또 다른 폭력으로 이어지고 있었다.

작가가 지적했듯, 과거의 일본과 현재의 한국은 이미 크게 달라졌다. 오늘날의 젊은 세대가 서로의 나라를 바라보는 시선에도 많은 변화가 있다. 무엇보다 한국은 더 이상 침탈당하던 약소국이 아니다. K-pop과 문화 콘텐츠를 앞세워 세계의 흐름을 주도하는 나라가 되었고, 국제 사회에서 당당히 목소리를 내고 있다. 그러나 불과 백여 년 전만 해도 같은 고향에서 태어났을 조선인들은 일본에서 '똥굴동네' 라는 이름으로 불리며 살아가고 있다. 그 처지를 떠올리면, 같은 역사를 공유한 민족임에도 마치 전혀 다른 세계의 사람들처럼 갈라져 버린 듯해 마음이 무겁다.

역사는 아직도 해묵은 채로 남아 있다. 과거가 온전히 청산되지 못한 탓에, 오늘의 성취 속에서도 어딘가 결핍과 답답함이 뒤엉켜 있다. 나는 이 책을 통해 다시금 깨달았다. 진정한 추모란 단순히 고통을 되새기는 일이 아니다. 기억을 이어 가는 힘, 청산되지 못한 과거를 직시하려는 용기, 그리고 그 기억을 다음 세대에 물려주는 행위다.

돌덩이처럼 굳은 매듭 앞에서 우리가 할 수 있는 일은 많지 않다. 그러나 우리가 기억을 이어 간다는 것은, 스러져 간 이들의 침묵을 외면하지 않고 그 곁에 서겠다는 약속이다. 잊히지 않았다는 사실은 그 자체로 가장 늦게 도착한 위로이며, 동시에 우리에게 남겨진 책임이다. 기억은 단순한 회상이 아니라, 과거와 현재를 잇는 연대이며, 미래를 지켜내는 다짐이다. 우리가 끝내 외면하지 않고 기억할 때, 해묵은 역사는 더 이상 침묵 속에 방치되지 않을 것이고, 미래는 한층 더 단단해질 것이다.

나의 지도에는 없는 길

정재안(경기도 안양)

매일 아침, 나는 스마트폰 지도 앱을 켠다. 경기도 안양의 집에서 수원의 학교까지, 앱은 나에게 가장 효율적인 경로를 제시한다. 7시 5분발 64번 버스, 예상 소요 시간 1시간 10분, 현재 교통량 보통. 이 디지털 지도는 나의 하루를 위한 완벽한 각본이다. 지도 위의 나는 최단 시간과 최소 비용이라는 목표를 향해 움직이는 하나의 점일 뿐이다. 점심을 해결할 가성비 좋은 식당, 과제를 하기 좋은 조용한 카페, 재경관리사 인강을

들을 스터디카페까지, 나의 동선은 온통 '목적' 들로 채워져 있다.

그러던 어느 날, 버스 창밖으로 무심히 스쳐 지나가던 풍경 하나가 마음에 툭, 하고 걸렸다. 낡고 녹슨 철교였다. 지도 앱은 그저 '안양천' 이라는 이름의 푸른 선으로 그곳을 표시할 뿐, 그 철교가 누구의 손에 의해, 무엇을 위해 세워졌는지에 대해서는 아무것도 말해주지 않았다. 어쩌면 저 위로 소금을 실은 꼬마열차가 다녔을지도 모르고, 누군가의 출퇴근길이었을지도 모른다. 그 무수한 사연들은 이제 지워지고, 그 자리엔 현재의 쓰임새를 잃은 채 낡아가는 구조물만이 남아 있었다.

그 순간 나는 깨달았다. 내가 매일같이 들여다보는 이 반짝이는 지도는 사실 수많은 길을 지워버린 위에 그려진 것이라는 사실을. 효율과 목적의 이름 아래, 어제의 이야기들은 너무나 쉽게 잊힌다. 나의 삶 또한 다르지 않았다. 졸업, 자격증, 취업. 내일의 목표를 향해 달리느라 정작 내가 딛고 서 있는 오늘의 이 땅이 품고 있는 어제의 이야기는 돌아볼 여유가 없었다. 나의 지도 바깥에는 어떤 길들이 있을까. 이 질문의 서늘한 무게를 느끼며, 나는 우동윤의 『길에서 역사를 만나다』를 펼쳤다.

저자 우동윤은 오토바이 한 대에 몸을 싣고 일본 땅을 종단한다. 그의 여정은 일반적인 여행의 모습을 가지고 있지 않았다. 일본의 현대적인 풍경 속에 유령처럼 떠도는 '조선인 강제동원'의 흔적을 찾아 나서는 순례의 모습, 어찌 보면 이름 없이 스러져간 이들의 넋을 기리는 진혼곡에 가까웠다. 그의 오토바이가 그리는 6,107km의 궤적은, 편리한 내비게이션이 알려주는 길과는 간극이 컸다. 잊힌 역사의 좌표를 필사적으로 더듬어 나가는 길.

그의 시선이 머무는 곳은 화려한 관광지에서 멀어져만 간다. 더욱 깊은 곳, 역사의 그늘에 가려진 상처의 공간들을 찾는다. 야마구치현의 아름다운 바다는 해저 탄광 붕괴로 수장된 136명 조선인의 무덤(조세이 탄광)이 되고, 히로시마의 고요한 댐은 댐을 쌓다 죽어간

이들의 뼈로 만들어졌다는 의미의 '인골댐(人骨ダム)'이라는 흉터로 다시 보인다. 책은 이 참혹한 진실을 격정적인 언어로 고발하는 대신, 저널리스트이자 다큐멘터리 사진작가인 저자의 시선으로 건조하고 담담하게 기록한다. 그래서 그 아픔은 더욱 시리고 현실적으로 다가온다. 마치 아무렇지 않은 듯 평화로운 오늘의 풍경과 그 아래 겹쳐진 어제의 비명이 기묘한 불협화음을 이루며 읽는 내내 마음을 불편하게 만든다.

나 역시 경제학도로서 '성장'과 '발전'이라는 단어를 수없이 배워왔다. 숫자로 환산된 GDP, 효율적으로 구축된 사회기반시설. 그러나 저자의 여정은 그 눈부신 성장의 이면에 어떤 희생이 묻혀 있는지를, 그 비용이 누구에게 전가되었는지를 집요하게 묻는다. 책 속의 낡은 위령비와 추모비들은 대차대조표에는 결코 기록되지 않을 '부채'의 목록처럼 보였다.

여정이 깊어질수록 책은 역사 현장의 답사에서 기억과 망각, 그리고 양심에 대한 깊은 성찰로 나아간다. 저자가 마주한 대부분의 추모비는 인적이 드문 곳에 방치되어 있다. 그것은 마치 '기억하되, 너무 자주 떠올리지는 말아 달라'는 사회적 무의식의 발현처럼 느껴져 씁쓸하다. 이 거대한 침묵과 외면의 땅에서, 저자는 뜻밖의 목소리를 만난다.

교토 도시샤대학 교정에 세워진 윤동주 시인의 시비가 그것이다. 대학의 규칙을 깨고 유일하게 허락된 개인 기념물. 저자는 그 예외를 가능케 한 것이 '양심'이라는 대학의 건학 이념이었음을 발견한다. 하늘을 우러러 한 점 부끄럼 없기를 노래했던 식민지 청년의 서늘한 시어와 그를 기억하고자 했던 일본 지성 사회의 양심이 시대와 국경을 넘어 조용히 악수하는 풍경. 그것은 이 책이 보여주는 한 줄기 희미한 빛이다.

그리고 마침내 히로시마 고보댐 추도비에서 발견한 '연행連行'이라는 두 글자는 그 빛의 가장 선명한 증거로 모습을 드러낸다. '강제로 끌고 갔다'는 뜻을 명확히 새긴 그 정직한 단어 앞에서, 나는 숨을 멈췄다. 수많은 비석들이 '노무자', '희생자' 같은 모호한 단어 뒤에 숨어 역사의 책임을 희석시키려 할 때, 이 짧은 단어는 그 어떤 웅변보다 단단하게 진실의 무게를 중언한다. 그것은 변명도 회피도 아닌, 고통스러운 사실을 직시하려는 한 시대의 양심이다. 어쩌면 저자의 6,107km의 여정은 이 하나의 단어를, 어둠 속에서도 꺼지지 않은 양심의 증거를 찾기 위함이었는지도 모른다.

책을 덮고, 나는 다시 버스에 오른다. 스마트폰 지도 앱은 여전히 나에게 가장 빠른 길을 안내하고, 창밖의 풍경은 어제와 같이 무심하게 흘러간다. 그러나 이제 나는 안다. 내가 무심코 지나치는 이 길 위에도, 나의 지도에는 없는 수많은 길이 겹쳐져 있다는 것을.

안양천의 낡은 철교는 그저 의미 없는 구조물이 아닌 수탈의 아픔과 서민의 애환을 싣고 달리던 협궤열차의 시간이며, 산업화의 과정에서 밀려나 이제는 침묵으로만 존재하는 역사의 증인이다. 내가 딛고 선 이 땅의 모든 길 위에는 이처럼 지워진 목소리들이, 잊힌 얼굴들이 겹쳐져 있다.

우동윤의 여정은 타국의 과거를 들여다보는 일에서

그치지 않고, 나의 오늘을 돌아보게 만들었다. 졸업과 취업이라는 내일의 목표만을 향해 달리던 나에게, 잠시 멈추어 내가 서 있는 곳의 어제를 돌아볼 용기를 주었다. 역사를 기억하는 일은 박물관에 박제된 사실을 암기하는 것이 아니라, 오늘의 내 삶 속에서 어제의 흔적을 발견하고 그 의미를 되새기는 살아있는 행위일 것이다.

나는 여전히 나의 지도를 따라 매일의 경로를 움직인다. 하지만 이제 그 완벽해 보이는 경로의 바깥을 상상할 수 있게 되었다. 길 위에서 역사를 만나는 일은 오토바이를 타고 6,107km를 달려야만 가능한 것이 아니다. 내가 매일 지나는 길의 이름을 한 번 더 찾아보고, 무심코 스쳐 지나간 낡은 건물의 내력을 궁금해하는 작은 시선에서부터 시작되는 것일지도 모른다. 그것이야말로 오늘의 내가 어제의 넋들에게 건넬 수 있는 최소한의 예의이자, 양심일 것이다.

기억 그리고 기록

최윤형 (대구 동구)

　머칠 전 대구미술관 아카이브실에서 우동윤 작가가 활동 중인 '사진기록연구소'의 작품집을 살펴봤다. 작가는 사진집 『군위』에서 오래된 공간을 촬영하여 그곳에 스며들어 있는 사람들의 자취를 기록했다. 그리고 『228×二二八』에서는 역사적인 장소의 의미를 자신들의 삶과 연결하여 기억하는 청년들의 모습을 담았다. 현재의 공간에는 지나간 시간을 살아간 많은 이들의 자취가 담겨 있음을, 그리고 그들의 시간이 끝난 것이 아니라 지금 우리들의 시간과 연결되어 있음을 새삼 생각하게 하는 작품들이었다.

나는 우동윤 작가가 사진을 통해 우리가 잊어버리고 있는 사람들의 이야기를 되살려 놓고 있다고 느낀다. 『길에서 역사를 만나다』를 통해서도 작가는 일본 땅에 강제동원되었던 조선인들의 이야기에 큰 숨을 불어넣었다. 그리고 잊혔거나 드러나지 않았던 선조들의 시간을 지금 우리들의 시간과 연결했다. 이 뜻깊은 기록 작업을 수행하기 위해 세심한 준비 과정과 여행 내내 오토바이로 이동하는 수고를 자청한 작가의 열정은 감동을 더해주었다. 그 열정의 바탕에는 강제동원과 관련된 진실을 밝히려는 굳건한 사명감이 자리하고 있음을 느꼈기 때문이다.

몹시 부끄럽지만 조선인 강제동원에 관해 그동안 무관심했던 나 자신을 반성한다. 비록 간접경험이지만 책 속의 글과 사진을 통해 나는 지금까지 잘 몰랐던 진실에 한 걸음 다가갈 수 있었다.

일본 열도를 남북으로 횡단한 작가의 발걸음이 닿은

곳마다 조선인 노동자들의 희생으로 건설된 댐과 다리, 또 광산이 있다. 건설 공사에 동원된 조선인 노동자들과 희생자들의 숫자는 상상 이상으로 엄청난 규모다. '이번 여행은 작은 시작이다'는 작가의 말처럼 아직 다 찾아내지 못한 희생과 고통이 얼마나 많을지를 아픈 마음으로 짐작해 본다.

아무리 어렵고 오랜 시간이 걸리더라도 이제 우리가 힘을 모아 어둠에 가려진 진실을 하나씩 밝혀내야 한다. 시모노세키의 '간몬터널 건설의 비'에 '우연히 발생한 전쟁'이라는 표현으로 자신들이 일으킨 전쟁의 실상을 왜곡하는 나라가 일본이다.(219쪽) 후쿠호카의 '모지코 출정비'에 전쟁에 출정한 말에 대한 안타까움을 적으면서도 고국 땅으로 돌아가지 못한 조선인들에 대한 언급은 하지 않는 주체가 일본 정부다.(228쪽) 게다가 조선인 희생자들을 추념하는 추모비는 노동 현장 지역에 있다고 해도 외딴 곳에 방치되어 있거나 그 위에 새겨진 이름이나 숫자가 정확하지 않은 경우가 무척 많다. 우동윤 작가의 발걸음을 통해 이런 사실을 알게 되니 마음이 무거워진다. 또 왜곡되고 잘못된 기록을 어서 바로 잡아야한다는 생각에 마음이 조급해진다.

조선인 노동자의 희생이 너무 많아 '인골댐' 이라고 불렸다는 '고보댐' (197쪽), 그리고 가혹한 노동을 견디다 못해 도망친 조선인 노동자들을 잔인하게 고문했다는 '오도마리댐' (200쪽) 이야기를 읽을 때는 몸이 떨릴 정도로 강한 분노를 느꼈다. 참담하고 암울한 현실을 식민지 조선인이기에 감내할 수밖에 없었을 선조들의 고통에 가슴이 먹먹해진다.

여전히 진실을 은폐하고 강제동원 배상 책임을 회피하는 일본 정부와 일본 기업에게 또렷하게 말하고 싶다. 경제 수탈을 당하고 강제 노동에 내몰린 이들까지 다 포함해서 조선인들의 희생 위에 당신들이 자랑하는 근대화가 이루어졌다고, 이 점을 인정하고 또 사과하라고 소리 내고 싶다.

우리 모두가 한마음일 때 우리나라도 단단한 힘을 가질 것이다. 자위대를 지지하는 일본 국민들이 일제가 저지른 침탈의 역사를 제대로 알도록 교육해야 하는 것처럼, 우리 국민들도 역사를 더 깊이 알게 해야 한다. 그러므로 이 책처럼 진실의 핵심을 파고드는 자료는 모두에게 의미 있는 지침이 될 것이다. 그러니 이 책의 내용을 최대한 많이 그리고 선명하게 기억저장소에 담겠다고 스스로에게 다짐해 본다.

우동윤 작가가 책의 마지막에 자신이 탐방한 조선인 강제동원의 공간들을 모아 안내한 의미 또한 기억하려 한다. 지금까지 삿포로, 교토, 구라사키 등을 여행하면서도 작가와 같은 일정을 한 번도 구상해 보지 못했다. '1일1미술관'이라는 모토 아래 매일 전시 관람은 계획했지만, 일본 곳곳마다 엄연히 남아 있는 우리 선조들의 고통스러운 자취에는 무관심했다. 예순을 바라보는 나이에 자기 민족의 역사를 제대로 모르는 것은 부끄러운 일이다. 앞으로 다시 일본 여행을 간다면 꼭 한두 곳은 작가의 안내를 따라 탐방해 봐야겠다. 예술작품을 전시공간에서 직접 마주하면 사진으로 볼 때와는 다른 감동을 받을 수 있듯, 선조들의 강제동원 현장을 직접 찾아가보면 책보다 깊은 느낌을 받을 수 있을 것이다.

이 책에는 작가가 말로는 다 하지 않았지만 전달하고 싶은 다른 이야기도 담겨 있는 듯하다. '고베항 평화의 비'를 세워 일제의 강제노동에 희생된 중국인과 조선인을 기록으로 남긴 일본 시민단체(192쪽)처럼 일본에도 옳음을 고민하는 이들이 있다. 그리고 여행 중인 작가에게 편견 없이 친절을 베푸는 일본인들도 있었다. 침탈과 수탈, 그리고 강압과 탄압에 대한 책임을 져야 할, 그러나 여전히 그 책임을 회피하는 일본 정부와 기업이 물론 존재하고 있다. 반면 사람에 대한 기본적인 존중을 원칙으로 삼고 이를 지키는 올곧은 일본 시민들도 있다. 반드시 맞서 이겨야 할 상대와 포용하고 유대 관계를 맺어야 할 상대가 다함께 일본이라는 나라에 살고 있다. 그러므로 현실을 정확하게 살펴보는 힘이 우리에게는 필요하다.

여든 해 전, 우리 시어머니는 여섯 살 나이에 일본에서 한국으로 귀국하셨다고 들었다. 일자리를 찾아 떠난 일본에서 외할아버님은 세상을 떠났고 외할머님과 함께 배를 타고 부산에 도착하셨던 것이다. 예전에는 무심하게 들어 넘겼던 시어머니의 가족사가 이제는 마음속에 조금 더 선명하게 그려진다. 이번 추석에는 시어머니께 일본 땅에서 돌아가신 외할아버님 이야기를 청해 들어볼까 한다. 이야기를 들려주시는 시어머니도 듣는 나도 아마 마음이 아플 것이다.

기록은 길 위에서 시작된다

한창현 (광주 남구)

오토바이 엔진의 진동이 팔꿈치까지 전해진다. 우동 윤은 그 진동을 기록의 리듬으로 바꾼다. 일본 열도를 남쪽에서 북쪽까지 한 달 동안 6,107㎞를 달리며, 탄광과 제철소, 조선소와 항만, 댐과 철도 공사장 같은 강제동원의 현장을 하나씩 찍어 나간 여정이다. 책장을 넘길수록 독자도 헬멧의 시야를 함께 얻는다. 빠르게 지나치지 않고 멈추어 본다. 안내판의 빈칸, 비석의 마모, 지도에 없는 좌표가 그제야 모습을 드러낸다.

이 책이 특별한 것은 속도가 아니라 태도다. 속도를 줄이고 길 위에서 질문을 건넨다. 여기서 누가 일했는가, 이름은 남아 있는가, 무엇이 지워졌는가. 현장에서 만난 사람들의 낮은 목소리와 길어진 침묵을 억지로 흔들지 않는다. 사진으로 풍경을 붙잡고, 짧은 문장으로 그 풍경의 표정을 붙잡는다. 고발의 문장이 아니라 기억의 문장이다. 그러나 그 기억이야말로 가장 멀리 간다. 강제동원은 총소리로만 오지 않았다. 허가증과 통지서, 작업일지와 임금 명세서, 공문서의 말투 같은 일상의 형식으로 스며들었다. 책은 바로 그 형식의 폭력을 보여 준다. 부식된 볼트, 막힌 갱도 입구, 새로 칠한 안내판의 매끈함까지도 증거가 된다. 한 세대의 노동이 남긴 쇳가루 냄새와 먼지가 오늘의 공기 속에서 다시 말을 건다. 그래서 읽는 동안 가장 서늘한 것은 소음이 아니라 문구였다.

저자는 규슈와 시코쿠, 혼슈와 홋카이도를 차례로 훑으며 위령비와 현장 표지들을 찾아간다. 어떤 곳은 완전히 사라졌고, 어떤 곳은 산업유산으로 정비되었다. 두 풍경 모두가 역사다. 우리는 정비된 기념관에서는 배운다고 느끼고, 사라진 자리에서는 배울 것이 없다고 착각한다. 이 책은 그 착각을 부순다. 없어진 자리는 더 많은 상상력과 더 치열한 자료 읽기를 요구한다. 길 위의 발걸음과 도서관의 손가락 끝이 서로를 보완한다. 광복의 기념은 바로 그 상호작용에서 시작된다. 기념은 꽃다발이 아니라 축적이다. 오늘의 발걸음, 내일의 문장, 주말마다 찾아보는 기록들이 한 줄씩 쌓일 때 비로소 기념된다. 선언문은 시작일 뿐이다. 이 책은 광복을 완료형이 아니라 진행형으로 읽게 만든다. 잊지 않기 때문에 자유롭고, 알기 때문에 새로워지고, 쓰기 때문에 서로 연결된다는 사실을 확인시킨다.

교사인 나에게도 읽기 전과 읽은 뒤의 수업은 다르다. 학생들과 이 책의 지도를 함께 펼쳐 놓고, 각자 집에서 가장 가까운 기억의 장소를 찾아보자고 말할 수 있게 되었다. 표지석 하나, 소규모 전시 한 칸, 오래된 신문 기사 한 줄, 가족의 구술 몇 문장. 그렇게 모은 조각들을 교실 게시판에 이어 붙이면, 광복은 교과서 밖으로 걸어 나온다. 역사는 과거의 사건이 아니라 지금 우리의 선택과 예절이라는 점이 또렷해진다. 숫자는 차갑다. 6,107이라는 거리, 위령의 자리들, 사진과 지도에 찍힌 점들. 그러나 그 숫자를 만들기 위해 달린 시간과 마음은 뜨겁다. 나는 그 뜨거움을 원고지의 네모 칸마다 옮겨 본다. 잘못 배운 역사를 고쳐 읽듯이, 잘못 적은 철자를 고쳐 쓰듯이. 빛이 들어오면 어둠이 물러나듯, 기록이 쌓이면 왜곡은 설 자리를 잃는다. 진실은 급하지 않다. 그러나 멈추지도 않는다.

이 책의 마지막 페이지를 덮고 남는 것은 길의 감각이다. 바퀴 자국은 비에 지워져도, 그 길에서 건져 올린 이름과 방향은 더 선명해진다. 나도 오늘 한 줄을 보탠다. 수업에서, 가정에서, 동네에서 실천하는 작은 읽기와 쓰기. 그 한 줄이 다음 사람에게 표지판이 되기를 바라며, 기념은 박물관 앞에서 끝나지 않는다. 우리 일상의 언어로 이어질 때 비로소 살아난다. 나는 이 책을 광복 기념의 좋은 교본이라고 부르고 싶다. 길에서 자료를 만나고, 사람을 만나고, 풍경을 통해 시간을 만나는 법을 보여 주기 때문이다. 책장을 덮은 뒤에도 여정은 계속된다. 지도를 접어 넣은 가방 속에서, 교실 칠판 한쪽에서, 원고지의 마지막 칸에서 여정은 다시 시작된다. 읽고, 걷고, 기록하고, 나누는 네 동작이 이어질 때 광복은 계속 현재가 된다.

여기에 하나를 더 보탠다. 기록은 혼자 쓰지만, 기억은 함께 만든다. 지역 도서관의 자료실에서 학생들과 신문 스크랩을 넘기다 보면, 낯선 지명이 우리 동네 지명처럼 가까워진다. 지도에 작은 점을 찍고 그 옆에 연필로 이름을 적는 순간, 타인의 고통은 머릿속 정보가 아니라 손끝의 감각이 된다. 그 감각이 커질수록 혐오와 무관심이 설 자리는 줄어든다. 기념은 그렇게 생활의 윤리가 된다. 또한, 이 책은 갈등을 키우지 않으면서도 현실을 외면하지 않는 어조를 보여 준다. 현지의 생활을 존중하며, 그 속에서 과거의 흔적을 읽어 내는 태도. 나는 그 균형이 인상 깊었다. 우리에게 필요한 것은 목소리를 높이는 일이 아니라 오래 듣고 바르게 적는 일이라는 것을 저자의 멈춤이 가르쳐 준다. 역사는 상대를 굴복시키는 승부가 아니라, 사실을 견디는 인내임을 확인한다.

광복절 아침에 나는 교실 후면 게시판을 비워 두었다. 학생들과 함께 이 책의 여정을 따라 작은 전시를 만들 생각이다. 한쪽에는 위령의 장소들을 표시한 지도를, 다른 한쪽에는 가족에게서 들은 이야기를 받아 적은 메모를 붙일 것이다. 사진이 없어도 된다. 누군가의 이름 한 줄, 누군가의 침묵 한 줄이면 충분하다. 전시는 끝나면 걷어지겠지만, 아이들 마음속에 박힌 바늘 같은 질문은 남을 것이다. 그 질문이 다음 읽기를 부른다. 마지막으로 나는 이 책이 내게 남긴 문장을 오래 붙들었다. 길에서 역사를 만난다는 말. 길은 목적지가 아니라 방법이다. 우리는 오늘도 길 위에 있다. 출근길의 신호에 서 있고, 하굣길의 골목을 지난다. 그 길에서 역사를 만날 것인지, 역사를 지나칠 것인지는 우리 몫이다. 나는 오늘도 묻고 적기로 한다. 어제는 무엇을 보았는가, 오늘은 무엇을 남길 것인가.

기념은 거창하지 않다. 교실의 분필 가루와 도서관

의 먼지 냄새, 비 오는 날 젖은 운동장의 흙냄새처럼 은근하다. 이 은근함이 모여 뜨거움이 된다. 저자가 달려 만든 6,107㎞의 뜨거움이 내 원고지로 옮겨붙는다. 한 칸 한 칸 채워지는 글자들 사이로 보이지 않던 이름들이 돌아와 자리를 잡는다. 그 자리를 지키는 일이 곧 광복의 오늘이다. 이제 나는 말 대신 약속을 남긴다. 읽고, 걷고, 묻고, 기록하고, 나누겠다. 다섯 동작을 생활처럼 반복하겠다. 그 반복 속에서 우리 역사는 더는 고립된 과거가 아니라 서로를 비추는 현재가 된다. 오토바이의 바퀴 자국은 언젠가 지워지겠지만, 우리가 이어 쓴 문장은 오래 남는다. 이 책을 덮고 나는 다시 길 위로 나선다. 우리의 기념을 우리말로 쓰기 위해.

고등부

잊힐 수 있는 역사는 없다

김규림 (울산 남구)

기행문이 어떤 방법으로 광복 80주년을 기념할 수 있을까. 어떤 표현과 내용이 담겨있기에 이 기행문이 광복 기념도서로 선정되었을까. 책장을 넘기기 전까지 뇌리에서 가장 많이 맴돌았던 의문이었다. 내가 아는 기행문은 그저 딱딱한 느낌만 있는 고리타분한 갈래였기 때문이다. 책을 읽어보기도 전에 나만의 오만한 편견 속의 좁은 틀에 빠진 것이다. 그렇기에, 일본 오토바이 일주를 다녀온 후 작가가 느낀 강제동원의 참혹함과 처절했던 역사적 상황을 기억하고 추모하자는 틀에 박힌 뻔한 내용이라고 짐작했다. 하지만 예상은 빗나갔다. 우리가 매일 지나치고 일상적으로 지나다니는 길, 댐, 다리, 광장 같은 공간들이 단순히 흔한 이동의 공간이 아니라 참혹한 역사와 처절한 희생을 겪어야 했던 조선인들의 흔적이 담긴 장소임을 몸소 느끼게 해주는 내용이었다. 또한, 일본의 세계적 유산이 조선인들의 강제동원이라는 피에 젖은 역사로 빚어졌다는 것에 대한 비언급, 은폐, 왜곡 등의 무례한 처리에 대해 비판함으로써 잊힌 역사를 되새기게 해주는 책이었다.

한번 시작된 강제동원의 역사는 나의 짐작과 달리 훨씬 길고, 더 잔혹한 역사였다. 작가는 일본 최남단에서 최북단까지 오토바이 일주로 국내에 알려지지 않거나, 거주민들조차 모르고 지나가는 조선인의 강제동원 현장을 발견했다. 그 현장에 대한 역사와 조선인이 무슨 이유로 강제동원이 되었는지, 강제동원이 어떤 방법으로 알려지게 되었는지, 현대 일본 정부의 은폐/왜곡의 태도가 어떤 식으로 잘못되었는지를 모든 공간마다 낱낱이 파헤쳤다. 그중, 일본 정부가 강제로 데려갔다는 뜻을 나타내는 '연행(練行)'의 표현 대신 '징용'이나 '모집', '동원'과 같은 조선인 강제동원 역사를 왜곡하는 단어를 권장하는 움직임은 그야말로 분노를 들끓게 했다. 게다가 강제동원의 수월성을 위해 1905년부터 이어진 관부 연락선은 일본 전역의 탄광, 댐, 철도 공사에 조선인이 투입되어 수만 명의 조선 노동 희생자를 만들어낸 원흉으로서 다시 한번 당대 강제동원의 잔혹함을 나타내었다. 그러나 조선인 강제동원을 기억하고 진심으로 추모하는 긍정적인 사례가 있다는 점에 감사했다. 현지 청소년들의 진실을 향한 노력을 통해 강제동원의 현장으로 알려진 츠가댐이나, 현지 사람들과 청소년의 의지로 자아낸 '연행'이라는 글귀를 통해 직접적인 사과와 반성을 드러냈던 고보댐 추도비는 강제동원 역사를 가진 나라의 입장을 잘 헤아린 감명 깊은 사례였다.

"한 세기를 훨씬 지나 교과서에서만 배웠던 역사의

현장에서 아직도 청산되지 않은 한일 과거사를 생각하니, 여전히 가슴이 답답해 온다." 이렇듯, 강제동원에 대해서 일본이 필수적으로 취해야 하는 태도는 마치 작가가 마지막으로 방문한 윤동주의 시비가 있는 도시샤대학의 교정이 주장하는 건학이념과 일맥상통해야 한다는 생각이 들었다. 도시샤대학의 건학이념은 '양심'이다. 도시샤대학은 개인 기념비 설치를 금지하는 대학교이지만, 윤동주의 시비는 예외로 둔 것에 인정하는 작가의 언급에 크게 공감하게 되었다. 마치 「서시」 속 '하늘을 우러러 한 점의 부끄럼 없기를'의 구절과 "있는 그대로의 역사를 기록하는 것이 한국과 일본의 부끄럼 없는 미래관계에 도움이 된다."라는 작가의 말과 연관하여 어떠한 은폐와 왜곡 없이 서로가 각자의 역사를 직시하고 인정하여 국경을 넘는 교류를 이어갔으면 좋겠다는 바람이 들었다.

우리는 잊게 되는 두려움을 몸소 느끼는 경우가 많다. 그중에서, 강제동원과 같이 처절한 역사에 대해 잊게 된다는 것은 민감하게 반응해야 한다. 그러기 위해

서는 단순히 알아야 하고, 알고 있는 역사라는 인식 대신에 독서나 다양한 매체의 접근을 통해 몸소 느끼는 역사로 기억하겠다는 태도가 중요하다는 사실을 깨달았다. 위안부나 태평양으로 건너간 사진 신부의 사례를 기억하여 추모하고 피해자를 보호했던 것처럼 강제 동원의 역사관의 잊히지 않을 권리를 주장해야 할 것이다. "모든 역사는 개인의 편견의 틀에서 벗어나 기억하게 될 의무가 있고, 역사를 가진 모든 민족은 잊힐 수 있는 역사를 가지지 않는다."

징용 대신 강제동원,
우리는 그들과 같은 국적이었나

우희원 (광주 북구)

징용徵用: 국가의 권력으로 국민들을 강제로 부리는 일이다. 국민은 또 무엇인가. 그 나라의 국적을 가진 사람이다. 우리의 조상이 일제강점기 일본 국적을 가진 사람들이었다고 주장하는 일부 '뉴라이트' 세력에 의하면 독립운동가들은 반국가 세력이고 우리는 일본인 후손이다. 이러한 내용 등이 뉴라이트 세력의 이론적 기반이 되는 것이다. 이는 1930년대 일제가 내세웠던 내선일체, 황국 신민 사상과도 큰 관련이 있다고 볼 수 있다. 그러니 내선일체 사상은 우리의 마음가짐을 망가트리는 동시에 강제동원을 위한 정당화 수단으로도 볼 수 있는 것이다. 나부터 징용이라는 말 대신 강제동원이라는 용어를 사용해야 하는데 역시 마음가짐을 고쳐먹는 것이 참 쉽지많은 않은 것 같다.

1937년 이전 강제동원의 역사 또한 조금은 충격적이었다. 그런데 다시 생각해 보면 당연히 1937년 전에도 우리는 일본의 식민지였고 일본에 탄광 따위의 조선인들을 동원하기 위한 장소는 충분했는데, 단지 국가 총동원법이 제정된 1937년 이후만을 강제동원의 역사라고 생각하는 나의 편협한 시선을 후회하게 만들었다. 또한 200쪽의 '40년간의 식민 통치'라는 표현도 인상 깊었다. 처음에는 '아니 원래 40년이 넘었던가? 라는 생각을 했는데 생각해 보니 필자는 경술국치 이전의 시기도 사실상 일본의 식민 통치라고 생각한 것이었다. 필자의 이 주장도 상당히 새로웠으며 내가 너무 단편적으로 생각한 것 같아 멋쩍기도 했다. 그러나 조선인들이 일본의 근대화에 큰 기여를 했다는 186쪽의 내용은 조금 동의하기 힘들었다. 비록 조선인들을 강제동원하여 일제가 큰 국가적 이익을 얻었음에는 이견이 없지만, 일본의 근대화는 메이지 천황의 급진적인 개혁과 일본 내에서의 빠른 근대화에 대한 수용이 컸다고 생각한다.

그리고 필자가 글 중간중간에 삽입해 놓은 비석 사진을 보면 대다수의 비석 또는 조형물 따위가 외진 곳에 있다는 것이 마음 아팠다. 특히나 일본 측의 항의로 비석이 외진 곳으로 옮겨졌다는 설명을 들었을 때 안타깝다는 생각밖에는 들지 않았다. 비록 일본인들 입장에서 봤을 때 본인들의 잘못보다는 본인 조상들의 잘못이니 자신들과는 큰 관련이 없다고 생각할 수도 있겠으나, 비슷한 상황인 독일의 전후 사과를 본받아 일본인들도 책임을 깨닫고 진심으로 사과해 주었으면 하는 바람이다.

그럼에도 일부 비석 등은 지역 고등학생과 시민 단체의 노력으로 인해 건립되었다는 모습을 보면서 같은 고등학생들이 그런 일을 해냈다는 사실이 나로서는 좀 부끄럽기도 했다. 만약 우리나라가 전쟁 범죄를 저지른 국가였다면 난 "내 일도 아닌데 뭘.", "지나간 과거잖아?"라면서 회피했을 것 같은데 새삼 위대한 일을 해낸 일본의 고등학생들이 대단하게 느껴졌다.

그러나 역시 조선인들이 당한 부당한 대우와 아픔은 마음을 찡하게 만들었다. 특히 28쪽 오무타 징용희생자 위령비에 일본 극우들이 쓴 '거짓말'이라는 뜻의 우소라는 낙서, 93쪽 오모시로야마코겐역 건설 당시 "철도 침목 하나에 조선인 한 명"이라는 말은 역 명인 오모시로(재밌다)라는 말과 대비되어 더욱 안타깝게 느껴졌다. 또한 194쪽 아이오이 조선인 무연고자 위령비의 아이오이의 의미가 '상생'이라는 의미라는 것을 알고서, 229쪽의 출정군마 음수대는 조선인들이 말보다도 못한 처우를 당한 것 같아서 일본 정부의 눈 가리고 아웅 같은 정책에 화가 치밀어 오르기도 했다.

그리고 아직 우리는 이런 안타까운 강제동원에 대한 일본의 진실된 정식 사과를 받지 못한 것이 사실이다.

특히 219쪽 간몬터널 건설의 비에 나온 일본 측의 '우연한 전쟁'이라는 표현은 안타까움을 넘어 화가 나게 만들었다. 이럴 때일수록 '역사'라는 과목의 가치가 더욱더 커지는 것 같다. 우리가 정확히 알아야 한다. 그렇지 않으면 우리는 '뉴라이트' 세력 같은 역사 왜곡을 일삼는 자들에게 휘둘릴 수밖에 없다. 우리 고등학생들이 알고, 그리고 알려야 한다.

그래서 난 사학과를 전공할 것이고, 국민들을 올바른 길로 인도할 수 있도록 강연도 하고 싶다. 비록 일본의 고등학생들처럼 지금부터 적극적으로 나서기는 쉽지 않지만, 언젠가는 해낼 수 있을 것이다. 아니, 해내야만 하고 해내고 싶다.

길 위에서 마주한 역사, 미래를 향한 나의 길

이혜민 (경남 거제)

책을 읽는다는 것은 타인의 눈으로 세상을 바라보는 일이다. 한 권의 책을 통해 우리는 과거를 다시 만나고, 아직 오지 않은 미래를 상상할 수 있다. 『길에서 역사를 만나다』는 내게 그런 경험을 안겨준 책이었다. 처음 제목을 접했을 때만 해도, 단순한 여행기나 역사 답사 에세이 정도로 생각했다. 그러나 책장을 펼치는 순간, 그것이 얼마나 큰 오해였는지 깨달았다. 이 책은 한 사람의 여행기를 넘어, 우리가 결코 잊어서는 안 될 역사의 한 페이지이자, 과거와 현재, 그리고 미래를 연결하는 깊은 사유의 기록이었다.

저자 우동윤은 오토바이를 타고 일본 전역을 일주하며 조선인 강제동원의 흔적을 따라간다. 규슈의 오래된 탄광, 시코쿠의 댐 건설 현장, 혼슈의 철도 교량, 홋카이도의 혹독한 개척지까지 그의 여정은 일본 열도의 남단에서 북단까지 이어진다. 저자가 찾아낸 장소들은 지도 위에 찍힌 단순한 점이 아니다. 그것은 누군가의 눈물과 땀, 삶과 죽음이 응축된 공간이며, 침묵 속에서 여전히 우리에게 말을 걸어오는 '기억의 장소'다.

책을 읽으며 가장 깊은 인상을 받은 것은, 강제동원이 단지 1940년대 전쟁기에만 국한된 사건이 아니라는 점이었다. 식민지배 초기부터 이미 조선인들의 노동력은 일본의 산업화를 지탱하는 토대였고, 그들의 희생 위에서 일본의 근대화가 완성되었다. 교과서 속 한 줄로만 알고 있던 '강제동원'이 실은 수십 년에 걸쳐 이어진 구조적 착취였다는 사실을 깨달으며, 나는 역사를 바라보는 눈이 한층 깊어지는 것을 느꼈다.

저자의 기록은 단순히 과거를 회상하는 것에서 그치지 않는다. 그는 지금 이 시대의 우리에게 중요한 질문을 던진다. "우리는 과거를 얼마나 알고 있으며, 그 기억을 어떻게 현재와 미래로 이어갈 것인가?" 이 책이 가진 힘은 바로 거기에 있다. 역사란 과거의 박물관 속에 박제된 사건이 아니다. 그것은 현재의 정치와 외교, 사회의식 속에서 여전히 살아 있는 현실이며, 미래를 설계하기 위한 출발점이다.

책 속에서 특히 인상 깊었던 장면은 어느 낡은 철교 아래에서 저자가 멈춰 선 순간이었다. 당시 그곳에서는 수많은 조선인 노동자들이 목숨을 걸고 강제 노역에 동원되었고, 일부는 다리를 완성하기도 전에 생을 마감했다. 일본 사람들에게는 단순한 교통 시설일지 몰라도, 우리에게는 이름 없는 조선인들의 희생이 새겨진 역사적 현장이었다. 나는 그 장면에서 눈을 뗄 수 없었다. 지금도 일본 열도의 곳곳을 지탱하는 수많은 건축물과 산업 시설 아래에는, 이름조차 남기지 못한 수많은 이들의 희생이 스며 있다는 사실이 마음을 무겁게 했다.

책을 덮고 나서 나는 나 자신에게 물었다. "나는 이 역사 앞에서 무엇을 할 수 있을까?"

사실 나는 오래전부터 국제 문제와 외교에 관심이 많았다. 세계가 점점 더 빠르게 연결되는 시대에, 국가 간의 관계를 읽고 조율하는 일은 단순한 선택이 아니라 필수라고 생각한다. 그래서 나는 앞으로 정치외교학을 전공해 동아시아 외교와 국제 관계를 연구하고 싶다. 그러나 이 책을 읽으며 깨달았다. 외교는 결코 '현재의 문제'만 다루는 학문이 아니며, 과거의 그림자를 직시하는 데서 출발해야 한다는 것을 말이다.

한·일 관계는 단순한 외교 현안이 아니다. 위안부 문제, 강제동원, 독도 영유권, 교과서 왜곡 등 수많은 갈등의 근저에는 '역사 인식'이 놓여 있다. 과거를 외면한 협상은 언제나 표면적인 타협에 그칠 수밖에 없고, 진정한 화해는 서로의 기억을 인정하고 이해할 때 비로소 가능하다. 『길에서 역사를 만나다』는 이러한 진실을 누구보다 명확하게 보여준다. 저자가 오토바이를 타고 먼 길을 달리며 보여준 집요함과 진실에 대한 열망은, 언젠가 외교 현장에서 내가 가져야 할 자세와도 닮아 있었다.

또한 저자가 보여준 태도에서 나는 중요한 교훈을 얻었다. 그는 일본을 비난하거나 분노를 표출하는 데 급급하지 않는다. 대신 "있는 그대로의 사실을 기록하고 알리는 것"에 집중한다. 진실을 밝히는 일이야말로 가장 강력한 설득이며, 상대를 변화시키는 힘이라는 것을 저자의 글은 증명한다. 감정이 아닌 사실, 증오가 아닌 이해에서 출발하는 태도는 앞으로 내가 외교의 길을 걸을 때 반드시 지녀야 할 자세라고 생각했다.

광복 80주년을 맞이한 지금, 『길에서 역사를 만나다』는 우리에게 묵직한 질문을 던진다. "기억하지 않는다면, 우리는 다시 같은 길을 걷게 되지 않을까?" 이 책을 읽고 난 뒤 나는 과거를 기억한다는 것이 단순히 슬픔을 되새기는 행위가 아니라는 것을 알게 되었다. 그것은 우리 사회가 다시 같은 실수를 반복하지 않도록 하는 예방책이며, 더 나은 미래를 설계하기 위한 토대다.

저자가 일본 전역을 달리며 기록한 길 위의 흔적들은 결국 우리 모두의 역사이며, 우리가 함께 지켜야 할 기억이다. 언젠가 내가 외교 현장에서 일하게 된다면, 나는 이 책에서 배운 것을 결코 잊지 않을 것이다. 서로 다른 기억을 조율하고, 상처 위에서 새로운 관계를 세우는 일, 그것이 진정한 외교의 시작이며 평화의 씨앗이기 때문이다.

『길에서 역사를 만나다』는 단지 한 권의 책이 아니다. 그것은 과거의 고통을 품은 지도이며, 우리가 나아가야 할 미래의 방향을 알려주는 나침반이다. 저자가 달렸던 길은 끝났지만, 이제 그 길 위에서 새로운 세대인 우리가 걸어가야 할 차례다. 역사를 잊지 않고, 진실을 마주하며, 과거의 교훈으로 미래를 설계하는 일. 그것이 이 책이 내게 남긴 가장 큰 가르침이며, 내가 앞으로 걷고자 하는 길이다.

역사의 흔적들을 찾아서

전유진 (구미 옥계)

　사람들은 보통 해외여행이라고 하면 맛있는 음식이나 유명한 관광지, 그리고 그 나라의 랜드마크를 떠올린다. 나 또한 이 책을 읽기 전까지는 여행이 단지 휴식을 취하고 그 나라의 문화를 경험하며 즐기기 위한 것이라고만 생각했다. 그러나 이 책의 저자는 한 달여 동안 일본을 여행하며 조선인 강제동원의 흔적이 남아 있는 장소들을 오토바이를 타고 찾아다녔다. 책 속에는 우리가 잘 알지 못했던 곳곳에서 희생되었던 조선인 노동자들의 안타까운 이야기와 그들을 추모하는 기념비, 사진들이 담겨 있어 이해하기 쉬웠다. 덕분에 몰랐던 역사를 새롭게 알게 되어 매우 뜻깊은 경험이 되었다. 또한 '징용'이라는 단어가 본래는 국가가 비상사태일 때 권력으로 국민을 강제적으로 일정 업무에 종사시키는 것을 뜻하지만, 일본이 조선인을 끌고 간 것은 이러한 맥락이 아니었기 때문에 '강제동원'이라는 표현이 더 정확하다는 사실도 알게 되었다. 이 책을 통해 나는 단순히 여행이라는 것이 휴식과 즐거움에 그치지 않고, 역사를 마주하고 기억하는 또 하나의 방법이 될 수 있다는 점을 깊이 깨달았다.

오카야마현 쿠라시키시에는 미즈시마 콤비나트로 불리는 서일본 최대 공업지역이 있다. 구라시키시 외곽의 가메지마산은 태평양전쟁 당시 미쓰비시의 전투기 부품 생산공장이 있던 곳으로 일본 군부는 미국의 폭격에 위기를 느껴 가메지마산 지하에 군수 공장을 세웠다. 그 건설에 가장 위험한 작업인 발파와 굴착 작업에 조선인들이 동원되어 많은 희생이 있었지만 정확한 자료는 전해지지 않고 있다고 한다. 항상 위험하고 어려운 일은 조선 사람의 몫이었다는 것이 가슴 아팠고, 일한 만큼의 대가는 둘째치고 인권조차 보장받지 못했다는 사실에 억울함과 울분이 생겨났다. 그나마 1996년에 근처에 형성된 조선인 집단 거주 지역에 '한국 조선인 강제 연행 노동 희생자 위령비'가 세워진 것이 조금의 위로가 되었다. 과거에 일본인이 먹지 않고 버리는 소와 돼지의 내장에 재일 조선인이 양념을 발라 구워 먹었던 호르몬 야키니쿠가 오늘날 일본 음식인 야키니쿠의 원조가 되었다는 사실은 나를 더욱 씁쓸하게 했다. 호르몬이라는 말은 일본어로 버리는 것이라는 의미였기 때문이다. 내가 좋아하는 음식 중에 하나인 부대찌개 역시 한국전쟁 이후 먹을 것이 부족했던 우리나라 사람들이 미군들이 먹고 버린 음식으로 만들어진 사실을 알았을 때 놀라우면서 안타까웠던 것처럼 오늘날 많은 사람들이 즐기는 음식에 아픈 역사가 담겨 있다는 것이 아이러니했다.

마이즈루에서 교토를 향하는 길에는 단바망간기념

관이 있다. 이곳은 강제동원된 조선인 중 한 명이었던, 고 이정호 씨가 1989년 폐광산을 인수해 개관한 곳으로 일본에서 유일한 조선인 강제동원 관련 기념관이다. 지금은 이정호 씨의 아들이 운영을 맡았지만 재정난을 겪으면서 개관과 폐관을 반복하고 있다고 한다. 조선인들을 기념하는 기념관이 일본인이 아닌 우리나라 사람에 의해 세워진 것도 안타까웠지만 재정이 부족해 제대로 운영하지 못한다는 사실이 더 슬펐다. 일본 정부의 도움이 없다면 우리 정부의 지원을 통해서라도 제대로 운영되어 많은 이들이 올바른 역사의 기록을 통해 희생된 분들을 기억하고, 또다시 아픈 역사가 반복되지 않도록 해야 한다.

최근 몇 년 동안 일본 주요 도시는 몰려오는 관광객들로 인해 몸살을 앓고 있는데 그중에서도 교토가 특히 심하다. 엔저 현상이 지속되면서 일본 내에서는 '싸구려 일본'이라는 말도 등장했다. 몇십 년 전 우리는 일본에 열등감을 느끼기도 했지만 지금은 어깨를 나란히 하고 있다. 이는 한국과 일본의 근본적인 관계

개선을 위해 중요한 인식의 변화라고 한다. 나 역시 일본이라고 하면 아름다운 관광지, 맛있는 음식, 애니메이션, 깨끗한 거리 같은 좋은 이미지가 떠오른다. 21세기를 살아가는 내 또래의 청소년들에게 일본은 더 이상 원한의 대상이 아니라 우리와 공통점이 많은 미래를 함께할 가까운 이웃 나라라는 생각이 먼저 든다. 그렇다고 해서 불행했던 우리의 역사를 잊어서는 안 된다고 생각한다. 그리고 일본의 역사 왜곡과 반성 없는 태도에 대해서도 분명한 지적이 있어야 한다. 그래야만 우리나라와 일본은 진정한 우호국이 될 수 있을 것이다.

책 속 사진과 설명을 따라 읽으며 상상을 해보니 마치 그 현장에 있는 듯 마음이 무거웠고 평범하게 살아가는 지금의 일상이 많은 분들의 희생 위에 있다는 생각에 감사함과 더불어 또다시 아픈 역사가 반복되지 않게 해야한다는 책임감이 들었다. 그리고 일본인들 중에는 자신들의 역사를 반성하고 희생된 조선인들을 기억하려고 애쓰는 분들도 많다는 것을 알 수 있었다.

이 책은 여행이란 눈과 입이 즐겁고 쉬는 것이라고만 생각했던 나에게 몰랐던 역사의 발자취를 찾아보는 것도 의미있다는 것을 알게 해주었다. 대학생이 되면 혼자 배낭여행을 해보는 것이 내 버킷리스트 중 하나인데, 우리의 역사가 담겨 있는 곳을 여행하는 것도 좋은 경험이 될 거라는 생각이 들었고 버킷리스트에 추가해야겠다고 생각했다.